Agnes Moosmann

Barfuß – aber nicht arm

Agnes Moosmann

Barfuß – aber nicht arm

Kindheit und Jugend in Bodnegg

Jan Thorbecke Verlag Sigmaringen

CIP-Kurztitelaufnahme der Deutschen Bibliothek

Moosmann, Agnes:
Barfuß – aber nicht arm: Kindheit u. Jugend in Bodnegg / Agnes Moosmann. – Sigmaringen: Thorbecke, 1985.
ISBN 3-7995-1661-1

Dritte Auflage 1987

Gesamtherstellung: M. Liehners Hofbuchdruckerei GmbH & Co., Sigmaringen
Printed in Germany · ISBN 3-7995-1661-1

Inhalt

Vorwort

Barfuß fühlten sich die Straßen meiner Kindheit anders an als heute: Sie glänzten nicht in Regennässe, sondern lagen sattgetrunken da mit ihren Schlaglöchern und ihrem Geruch nach Erde und Lehm. Noch heute fängt meine Nase Gerüche der Kinderzeit ein, unversehens und verschieden und doch nach Jahreszeiten geordnet. War meine Nase in der Kindheit ein besonders empfindsames Organ, das Erinnerungen einprägte, die schon durch die Andeutung eines Gerüchleins von einst wieder geweckt werden?

Die Stoppelfelder, über die wir ohne Schuhe sprangen, rochen ganz zart nach Klatschmohn und anderen Unkräutern. Ich war dem Boden näher, und der Geruch frisch gemähten Grases, trockenen Heues und abgestandener Wasserpfützen, die der nackte Fuß aufrührte, war intensiv. Noch wenn die Maurer die Hände in unserer Küche gewaschen hatten, rochen sie nach Mörtel; an den Zimmermannshänden haftete Harzdurft, sogar die Sonntagskleider der Bauern in der Wirtschaft nebenan verbreiteten noch immer ein wenig Stallgeruch um sich. Das war nicht unangenehm; nur der Geruch, den der Doktor mitbrachte – schon an bittere Arznei gemahnend – machte mich ängstlich. Zwiespältig ist die Erinnerung an das »Schottengerüchle«, das mein Vater mit sich herumtrug; in der Umgebung unserer Käser roch es meist feucht und süßlich nach Molke.

Unsere Molkerei war ein Familienbetrieb, trotz der Angestellten (drei Käser und eine Magd). Überall waren wir Kinder mit dabei und »schafften« mit: bei der Mutter in Büro und Laden, bei der Magd in der Küche, beim Vater am Käsekessel. Ernst aber wurde es immer erst, wenn wir ohne rechte Lust und Laune den Eltern manchmal helfen mußten.

Nur dies, und auch nur so nebenbei, weiß ich heute an diesem Idyll auszusetzen. Wie tröstlich, wenn das alternde Herz nichts Böses, Widerwärtiges und Schmerzliches erinnert, nur freundliche frühe Jahre, ohne – und auch das ist entschwundenes Glück – aufdringliche Werbe- und Informationsflut und überbordendes Warenangebot.

Wenig aber ist die veränderte Zeit an der sich ständig verändernden Perspektive schuld, mit der ich die eigenen Jahre und das Alter der anderen betrachte: Ich war sechs Jahre alt, mein Vater 45; er zählte für mich schon zu den alten Leuten, während ich mich selbst heute mit 60 Jahren doch jung fühle. Und wie eigenartig, daß ich erst jetzt in die Kindheit meiner Eltern zurückzublicken begehre und bedaure, sie so wenig gefragt zu haben.

Trotz solchen Versäumnisses mute ich mir zu, noch etwas über die Kindheit meiner Eltern zu wissen – und nicht nur willkürlich, aus heiterem Himmel. Alles, was ich von ihrer Güte und der Rechtschaffenheit ihres Charakters erinnere, von ihrer Sprache, ihren Umgangsformen, Gewohnheiten und Ansichten, alles was aus ihrer Kindheit herkam und von mir pietätvoll gehegt wurde, hilft mir über den Mangel an Information hinweg.

Über die konkrete Erinnerung eigener Kindheit hinaus bis in die frühere Zeit der eigenen Eltern zu sehen ist eine Eigentümlichkeit und Erfindung meiner Jahre, um das Herz nochmals in eine Geborgenheit einzubetten, die jene verschollene zur Voraussetzung hatte, in der meine Eltern als Kinder lebten.

Bodnegg

In einem der Weiler, die sich um Bodnegg zusammen mit vielen Einzelhöfen die Hände reichen, noch nicht ganz im Allgäu, verbrachte ich meine Kindheit: in Kofeld, an der Straße von Bodnegg nach Waldburg gelegen. Bodnegg (Abb. 1) war für mich der Ort, wo die Schule stand, die zu erreichen ein Fußmarsch von dreieinhalb Kilometern nötig war, der Ort, wo ich die Freundinnen im Schulzimmer traf, wohin ich am Sonntag zur Kirche ging und mir danach an kalten Wintertagen vor dem Heimweg in der warmen Bäckerstube vom Stelzer-Vetter, eine Brezel kauend, die klammen Finger und die gefühllosen Zehen wieder aufwärmte. In der Kirche war es bitter kalt gewesen.

Der Name Bodnegg kommt von »Burn« = runder, hoher Kegel und »eck« = Fels; er gibt die Lage der Kirche treffend wieder. Sie steht auf einer der Moränen, die diese Gegend formten, einer, die ihre Nase besonders weit nach Süden vorstreckt und in Richtung zum Bodensee steil abfällt[1].

1 Pfarrer Hildebrand, den die Leute »unseren Heimatforscher« nannten, hatte von einem See berichtet, der sich vor langer Zeit von Süden her fast bis zum Kirchenbuckel erstreckt haben soll. Das alte Mösle-Haus mit seinem ausladenden Walmdach, vom südlichen Steilabfall des Kirchbergs gut einzusehen, soll ein Fischerhaus gewesen sein. Vor langer Zeit stand es noch frei am Ufer des Sees – doch niemand weiß es so ganz genau. Heute ist es jedenfalls zwischen Neubauten fast begraben. Noch ist etwas Sumpfland übrig geblieben, das meiste aber zur Streuwiese verlandet. Auf einem kleinen Teil unterhalb des Kirchbergs, wo jetzt die große Ganztagsschule steht, quakten zuvor noch nächtelang die Frösche.

Manchmal hörte ich Besucher zu den Eltern sagen: »Bei euch in Bodnegg ist es schön! Ihr seid hier das ganze Jahr über in Ferien!« Sie wußten natürlich, daß das, so hingesagt, nicht stimmte; aber die Anmut der Gegend, die Schönheit des Dörfchens und die einmalige Lage seiner Kirche geben ihnen doch fast recht. Zwischen Kirche und Kriegerdenkmal, von dem aus man eine herrliche Sicht auf den Bodensee und die Alpen hat, lagen die Gräber meiner Großeltern. Heute stehen diese Grabsteine nicht mehr. Dafür der meines Vaters und meiner Mutter, die lange nach Vater starb.

Kurz nach Mutters Tod kramte ich in ihren Hinterlassenschaften: alte Ansichtskarten vom Kirchberg, 70 Jahre alte Briefe, eine Handschrift des Komponisten von »Stille Nacht...«, Franz Xaver Gruber, von 1818, ferner Urkunden und Zeugnisse. Als ich diese Dinge, die Mutter des Aufhebens wert erachtet hatte, erstmals mit viel Interesse betrachtete, kam mich die Lust an, meine Kindheit und Jugend zu beschreiben. Bemerkungen meiner Mutter über ihre eigene Kinder- und Jugendzeit kamen mir in den Sinn, alte Namen tauchten auf. Ich fühlte Rührung darüber, wie liebevoll sie etliche Sachen verwahrt hatte: das alte, zerlesene Gebetbuch der Großmutter mit den fast einen Zentimeter großen Buchstaben (Abb. 2) und ihren elfenbeinernen Rosenkranz, das abgegriffene Schullesebuch ihres Vaters, das wohl außer einer Fibel das einzige Buch war, aus dem er seine Kenntnisse über Geschichte und Naturwissenschaften bezogen hatte und in dem mit einem Stift – von wem weiß ich nicht – Korrekturen der veränderten Rechtschreibung (Abb. 3) an den Wörtern vorgenommen sind, die früher noch mit dem lautgetreuen aspirierten T-h geschrieben wurden. Vielleicht hat unsere Mutter, die eine sehr eifrige und orthographietüchtige Schülerin war, sie einstmals verbessert? Passen würde es zu ihr. Überschriften in dem vergilbten Lesebuch meines Großvaters wie: »Bewahret Feuer und Licht«, »Wider das Branntwein- und alles zu viel Trinken«, »Woran man den Verführer erkennt« oder der »Rath einer Mutter an ihre dienende Tochter« sind von einer moralischen Eindeutigkeit und Rechtschaffenheit, die auch das Leben meiner Eltern kennzeichnete. Eindeutig in den Kategorien von »gut« und »böse« wurde meine Mutter von ihren Eltern im Gragenbacher Haus (Abb. 4) erzogen. Es war ein kleines Bauernhaus, friedlich, heimelig, einsam, einstockig gebaut, mit einem hölzernen Dachgiebel. Drei ausgetretene Stufen führten zur Haustüre, über deren Eingang mit einer am Dreikönigstag geweihten Kreide ein C+B+M fein säuberlich geschrieben stand. Geradeaus blickte man in die von einem kleinen Fenster im Hintergrund schwach erhellte Küche, links in die holzgetäferte Stube mit der Eckbank und dem viereckigen Tisch, der die auf gespreizten Füßen liegende, gescheuerte schwere Holzplatte und eine tiefe Schublade trug. Oberhalb des dunkelbraunen Täfers zog sich ein »Rähmle« hin, ein Wandbrett, auf dem allerlei Gebrauchs- und Ziergegenstände abgelegt waren: Spruchteller, Gesangbuch, »'s Rasiermesser« und »dr Bleistift«. Über dem in die dicke Wand eingelassenen hölzernen Wandkästchen hing der schräg nach unten geneigte Wandspiegel. Postkarten und Rechnungen waren dahinter gesteckt und schauten seitlich ein bißchen vor. Neben einer Kommode stand das »Kanabee«, ein Plüschsofa mit rotem Blumenmuster, auf dem kaum mehr als zwei Leute Platz hatten; von gegenüber kam es warm aus dem Ofenrohr des massigen, blaugrünen Kachelofens, auf dem im Herbst die »Spätzwetschge und Feldbirre« gedörrt wurden. Um den Ofen herum hing von der Decke die Ofenstange, an der fast immer einzelne Wäschestücke zum Trocknen baumelten. Eine Tür führte in »d' Stubekammer«, das Elternschlafzimmer. Meine Mutter, das »Minele«, hatte ihre Schlafkammer ebenerdig, gleich rechts neben der Haustür. Ihr Brüderchen mußte eine schmale Holzstiege in eine kleine Kammer mit schrägen Wänden hinaufsteigen. Noch ersetzten Helbensäcke[1] die Matratzen, ein vom Papa gewobenes, grobes Leintuch war darübergespannt und die Federdecke mit einem geblümten »Bettziechle« überzogen. Den Bretterboden bedeckte teilweise ein farbiger Bettvorleger aus alten Stoffresten, auf dem kleinen Tisch stand in einem verbogenen Zinnständer ein Wachslicht und, im Nachttisch verborgen, das »Häfele«.

Der Kellerabgang war außen, vor dem Haus, und Minele mußte eine hölzerne Kellerfalle hochklappen, wenn sie für den Vater Most holen ging. »'s ischt schwüel, 's kunnt a Wetter!« hatte der Vater gesagt. Er war gerade vom Feld gekommen. Seine Frau Agatha richtete eilig Brot und Käse auf ein Holzbrettchen und schickte das Kind: »Minele, gang schnell, hol a Griegle Moscht! Der Vatter mueß glei wieder uf's Feld!« In ihrem langen, taillenlosen, rüschenbesetzten Kittelschürzchen lief das Kind eifrig: »Gell, Papa, hoscht en Durscht! Woischt, i ka' de Moscht etz scho ganz alloi hole!« fügte es selbstbewußt hinzu. Unten war es ziemlich düster: Aber Minele darf keine Angst haben, das gehört sich nicht. Zum Glück ist das Mostfaß gleich vorne, wo man noch keine Kerze braucht, nur hinten, bei den Kartoffeln, ist es stockdunkel.

Vater sagt nichts – er ist ein wenig wortkarg – als sie den Krug vor ihm abstellt; er nickt nur, und schon trinkt er in langen, durstigen Zügen. Die Kleine geht zum Spielen. Sie besaß eine Stoffpuppe, ihr »Doggele«, innen ausgestopft mit Sägmehl. Ihre Patin hat für die Puppe ein hübsches, rosafarbenes Kleidchen mit breitem Spitzenkragen und weißer Schärpe genäht. »D' Gotte« ist reich, ist Baronin und hat fürs Minele immer »ebbes b'sonders parat«. Im Mai holte das

1 Spreu in Leinensäcken

Kind vom Hügel hinterm Haus Wiesenblumen »fürs Maialtärle«. Fromm, brav und gehorsam war es, kaum einmal launisch, weinend oder »grätig«.

Im hohen Alter, nach langer Zeit geschäftiger Bewährung, trat ihr liebenswerter Charakter ganz deutlich wieder hervor: Geduld, Liebe und im besonderen Wohlerzogenheit und kindliche Dankbarkeit bei jeder Handreichung.

In Mutters Nachlaß fand sich ein schwarzes kleines Buch, leinengebunden: Großvaters Notizbuch. Fehlende Seiten im vorderen Teil weckten meine Neugierde. Mutter hatte kurzerhand Blätter herausgeschnitten – wie sie meiner älteren Schwester einmal gestand –, weil sie nicht wollte, daß ihre Töchter zu lesen bekämen, was Großvater auf diesen Blättchen notiert hatte: nach Mutters Meinung »wüstes Zeugs« aus seiner Soldatenzeit. Stehen geblieben sind Eintragungen über seine Manöverzeit von 1880 bis 1882 und Texte von Soldatenliedern. Hier ist ausschließlich die Rede von Liebe, Sehnsucht, Heimweh, Scheiden und Meiden und Schlachten und Tod. Die Rekrutenzeit war für Fidel keine reine Freude. Er fand es zwar lustig, ins Manöver zu ziehen; aber notiert ist auch: »Der Schärschant ist ein Simpl und der Vizefeldwebel ein Leutschinder.«

Weiter hinten im Buch, 1902, schrieb Vater Fidel eine längere Notiz: *»Am Sonntag, den 25 ten August kam der Bolizei zu mir und sagte, der Paul* (ein Nachbar) *habe mich verklagt, ich müss aufs Rathaus kommen wegen meinen Hennen. Acht Tag vorher verschüttelte er sein Mädchen und sagte im Zorn zu ihm, du darfst nicht mehr mit dem Nachbarsmädchen* (Minele war gemeint) *ins Bodnegg laufen. Anderntags ging ich zu ihm hinauf mit 3 Habergarben und sagte zu ihm, ich woll ihm drei Garben geben und wenn es mehr koste, sei es gleich. Dann sagte er zu mir, sie haben mehr als ein Scheffel gefressen. Dann sagte ich, er könne ihn haben. Nun aber sagte er, ich könne wieder fortgehen mit meinen*

Garben, er verlange nichts. Als er es zum drittenmal sagte, ging ich dann heim.«

Es war üblich und wichtig, daß die Aufforderung, mit den Garben wieder heimzugehen, dreimal ausgesprochen wurde. Die erste Aufforderung dürfte teils ärgerlich gemeint gewesen sein, die zweite schon etwas versöhnlicher, und erst nach der dritten war die Sache mit Sicherheit wieder in Ordnung. Die Nachbarskinder konnten also wieder zusammen »ins Bodnegg laufen«.

Es finden sich Einkaufsnotizen von Dingen, die wir heute kaum mehr kennen:
»Nadelbüchsle und Fingerhut, Stöß (= Pulswärmer), Ohraschützer, Schuhschmotz und Wigse, Haarehl und weiße Seife, Sode und Modepäckle, Knöpflemodel, Schnupftabak, Wurmpastille, Glizerin, Maulkörble fürs Budele (Kalb), Bodenbirnzürne, Weintreber, Fettlaugemehl, Strickernadle, Winterwoll, Türkengarn, Teerschwefelseife, Ölzelta, Simmelmehl, Dächle flicken.«

Auch Heilpraktiken für Mensch und Tier sind notiert: »Bei Schrunten: mit Glizerinehl feste schmieren. Wenn du Hitze hast: Hanfsamen. Thee von Salfen. Bei Milchfieber und geschwollenem Euter: ein halbes Päckle vom Pulfer, ein halber Litter Leinehl, das Klare von 5 Eiern und Rührmilch, süße.«

Schulden mußten bezahlt werden: »Wir haben zu verzinsen 600 fl (Gulden) und 400 fl vom 2. Juni 85 bis April 86.« Wofür bleibt ungenannt. Daß die Großeltern aber für Haus und Felder an den »Patron«[1], die »Nasters«, zahlen mußten, daran erinnerte sich meine Mutter noch genau.

1 Der »Patron« war Hausherr oder Eigentümer; hier war der Nachbar Rist in Dürrnast gemeint. Der Urgroßvater steht noch als »Seldner in Gragenbach« im Standesamtsregister. (Ein »Seldner« besaß ein kleines Haus mit Garten, bebaute einige Morgen Land

Selbst das Datum seiner Hochzeit hat Fidel notiert: »den 20 ten Mai 1886 verheiratet mit Agata Stelzer von Täschen«. Was hat es mit der kurz darauf eingetragenen Notiz auf sich: »den 23 ten Mai gut nix«, die mit »Agata Pfau, Frau« unterschrieben ist? Eine andere, nicht lesbare Unterschrift steht dabei. Was hat Agatha Stelzer, seit drei Tagen Frau Pfau, sagen wollen? Hat das »nix« etwas mit ihrem Heiratsgut zu tun, mit dem Geld, das sie, wie ich von Mutter weiß, in die Ehe mitbrachte? Mußte sie es gleich opfern, um Schulden abzutragen, um Fidel von der Pacht freizukaufen? Jedenfalls hören mit diesem Datum die Eintragungen über zu entrichtende Zinsen auf. Agatha war fünf Jahre älter als Fidel. Auch Fidels Vater hatte eine sogar neun Jahre ältere Frau geheiratet.

Im Notizbuch ist mit Datum vom 8. 3. 1893 die glückliche Geburt einer Tochter (meine Mutter) vermerkt. Ihr Brüderchen Baptist war zu diesem Zeitpunkt fünf Jahre alt. Schon einmal hatte der kleine Baptist ein Geschwisterchen bekommen, es war aber noch am selben Tag gestorben. Dieses tote Kind hat den Vater doch wohl sehr beschäftigt, denn in seinem Büchlein steht die Eintragung von der Geburt des Kindes gleich dreimal. Die Schrift ist etwas verwischt. Sind Tränen darübergeflossen oder nur ein paar ganz gewöhnliche Regentropfen?

innerhalb des Grundstücks eines Bauern (Patron) und bezahlte dafür Abgaben. Er besaß kein eigenes Gespann. Gegen Arbeitsverrichtungen auf dem Hof des Bauern lieh ihm dieser dann Ochsen oder Pferde zur Verrichtung bestimmter Feldarbeiten in seiner Selde.) Großvater Fidel, schon etwas zu Wohlstand gekommen, kann sich »Bauer in Gragenbach« nennen. Er war noch ein kleines Kind (drei Jahre alt) gewesen, als sein Vater starb und er einen Stiefvater bekam. Das Todesdatum dieses Cassian Kratt lautet auf den 10. März 1893, fiel also mit der Geburt des kleinen Minele zusammen. Die Geburt ist in Großvaters Notizbuch erwähnt, der Tod seines Stiefvaters nicht.

Über die schwere Geburt des ersten Kindes, Baptist, findet sich (von wessen Hand kopiert?) der Brief Mutter Agathas an eine ihrer Schwestern:

»Liebe Schwester!

Mit freudenreicher Hand dürfen wir dir zu wissen machen, daß wir jetzt ein Söhnlein haben Namens Joh. Baptist, wie der Patron. Ich hoffe, du werdest es nicht ungern haben, daß wir dir nicht augenblicklich geschrieben haben, denn auf die Taufe wäre es dir nicht möglich gewesen zu kommen, denn am Samstag, 2. April Abends 9 Uhr kam es auf die Welt und am Sonntag Nachmittag war die Taufe. Aber, liebe Schwester, besinne dich, bis zu heiratest, denn ich habe viel zum Ausstehen gehabt. Die Hebam war bei mir vom Freitag bis am Samstag Abend. Ich meinte, es sei gar nicht mehr möglich, daß die Geburt vorübergehe, doch endlich um 9 Uhr hatten wir ein Kind, aber was das schlimmste war, wir mußten erst einen Doktor holen lassen in Ravensburg, die Nachgeburt ist angewachsen gewesen, kannst denken, wies mir war, ich glaubte, es müsse gestorben sein. Die Nasters haben den Doktor in zwei Stunden dagehabt (mit Pferd und Chaise und einem Weg von 10 km bis zur Stadt). Jetzt sinds acht Tag, ich bin recht wohl auf, ein bißchen schwach, aber ich hab keine Noth, was das Essen und Verpflegung antrifft. Der Fidel ist recht brav mit mir und habe auch eine rechte Pflegerin.«

Aus Mutters Leben

Fidel gab seiner Tochter, nach dem damaligen Kaiser Wilhelm, den Namen Wilhelmine. Das hat auf die entfernt verwandte Baronin Sophia von Werner[1], deren Hofgut in Sigmarshofen lag, einen guten Eindruck gemacht. Sie wurde die Patin der Kleinen. In späteren Jahren war das Minele von Zeit zu Zeit während der Schulferien zu Gast bei der »Gotte«, und so hat Baronin Sophia auch zu Mineles Erziehung beigetragen. Das Kind war »lieb und fein, die Äuglein klar, die Haare schwarz – grad wie die Nacht, und Grübchen in den Wangen, wenn es lacht« (so dichtete später eines der Kinder nach ihren Angaben).

Noch keine drei Jahre war sie alt (so wußte Mutter zu berichten), als folgendes passierte: Die Eltern hatten das Kind mit aufs Feld genommen und setzten es zu einem mit Brotbröckchen und Milch gefüllten Näpfchen. Sie wenden sich ihrer Arbeit zu und hören plötzlich, daß die Kleine mit jemandem spricht. Das Herz bleibt ihnen fast stehen, als sie sehen, wie sich eine Schlange über das Schüsselchen hergemacht hatte und ihr Minele plapperte: »Gell, nimm au Brocke, it bloß Mill!« Was das für eine seltsame Natter war, die da Appetit auf Milch hatte, konnte unsere Mutter auch nicht mehr sagen, nur, daß der Vater sie mit seiner Heugabel verscheucht habe.

Als die Schulzeit herankam, ging Minele täglich durch den direkt ans Wohnhaus angrenzenden Wald zum Dorf, in die alte Zweiklassenschule, dem ersten Schulhaus Bodneggs. Mutter betonte später oft, daß ihr die Schule viel Spaß

1 Die Heimat derer von Werner ist Mosisgreut bei Waldburg.

gemacht habe: Lesen, Schreiben und Rechnen, Lieder singen, Handarbeiten lernen, das war leichter und schöner als die Plackerei auf dem Feld. Die Zeit, in der sie noch mit der kleinen Holzheugabel, die ihr der Vater gemacht hatte, bei der Feldarbeit mit dabei sein durfte und ihr das alles Vergnügen machte, war nun schon einige Jahre vorbei. Der Vater arbeitete zur Winterszeit am Webstuhl im Keller, und sie mußte dabei helfen, »'s Schiffle hin und her schugge. Des hon i nia gern g'macht und i glaub, der Vatter au ite. Do ischt er allaweil grätig gsi!« Daheim hatte sie wenig Zeit für »d'Kopfarbet«; ihre Eltern erwarteten ihre kleinen Hilfeleistungen in Haus, Hof und Feld. Zum Lehrer hatte sie ein gutes Verhältnis: »Wenn i em Herr Lehrer vorg'macht hon, wie en Vogel im Wald pfeift«, erzählte sie uns, »hon i alleweil (von ihm) au erfahre kenne, wie er hoißt.«

Wenn wir sie fragten: »Hast' denn koi Angst g'habt, so alloi durch de lange Wald?« spielte ein kleines Lächeln um ihren Mund: »Hie und da scho a bißle; im Winter isch's am Morge no so dunkel gsi. Aussa rum hätt i jo au könne, aber ausse num ischt dr Weg viel länger! Und d'Reh und d'Hase hont bloß guckt, wenn ich komme bi, und vo böse Sache hon i it viel g'wißt, no hot ma au koi Sorg.«

Der lange, einsame Schulweg blieb unserer Mutter zeitlebens in lebhafter Erinnerung; da hatte sie Muße, das große und kleine Einmaleins vor- und rückwärts auswendig zu lernen. Sie übte all die vielen Rechenkniffe fürs Kopfrechnen, die in der Schule gelehrt wurden und die sie ihr Leben lang parat hatte. Wir haben uns nie sonderlich dafür interessiert, mehr schon für die Gedichte, die sie noch im hohen Alter auswendig aufsagen konnte: » Kaiser Rotbart lobesam«, Uhlands Ballade vom Überfall auf den »alten Rauschebart im Wildbad« und sein Lied von der Wurmlinger Kapelle. Uhlands Gedichte haben ihr süddeutsches biederes Gemüt nachhaltig angesprochen. So suchte sie sich für ihre einzige

Kur im Alter Wildbad aus und äußerte mit 80 Jahren den Wunsch, ich möge sie doch bitte mal auf die Wurmlinger Kapelle fahren. Dort hörte ich sie leise vor sich hindeklamieren: »Hirtenknabe, Hirtenknabe, auch dir singt man dort einmal!« Und dann zu mir gewendet: »Agnes, bei mir ist's jetzt bald so weit.«

Unsere Mutter hat es begrüßt, daß die Volksschulzeit später um ein Jahr verlängert wurde, und bedauert, daß sie selbst nur sieben Jahre hatte zur Schule gehen können. Zum Schulabschluß erhielt sie einen Schein (Abb. 5) – vorher gab es kein schriftliches Zeugnis –, der beweist, daß Mutter zu den besten Schülern gehörte. Vielleicht war sie ein bißchen ehrgeizig. Uns Kindern hat sie nur erzählt, daß sie gerne mehr gelernt hätte.

Im »Schulentlassungsschein« von 1907 sind Talent, Religion, Fleiß und Sitten benotet, zusätzlich noch »Kenntnisse im allgemeinen«. Die charakterliche und religiöse Erziehung der Kinder stand im Vordergrund. Das »Zeugnis bei der Entlassung aus der Sonntagsschule«[1] (Abb. 6) mit seiner Fächeraufzählung: Religion, Aufsatz, Rechnen, Realien, Fleiß und Aufmerksamkeit, Betragen und Schulbesuch gleicht unseren heutigen Zeugnissen schon eher. Mutter erhielt überall »sehr gut«, genau so wie 1907, nur daß damals die beste Note in einem »recht gut« (rgt) bestand.

Selbstverständlich gehörten (wie auch noch zu meiner Zeit) »Hosenspanner« für die Buben und die schmerzhaften »Tatzen« auf die Handflächen der Mädchen zum Unterricht. Kein Wunder, daß fast alle vor der Schule Angst hatten. Mutter

1 Das Königreich Württemberg schrieb nach Artikel 6 des Volksschulgesetzes im Anschluß an die Volksschule den Besuch der Fortbildungsschule vor, der »Sonntagsschule«, die die Schulentlassenen noch weitere drei Jahre jeden Sonntag zum Unterricht rief. Die Lehrer mußten also nicht nur wochentags, sondern auch am Sonntag unterrichten.

scheint zu den Ausnahmen gehört zu haben. Aber wir wollten es genau wissen: »Mama, hoscht du au Datze kriegt?« »Noi, koi oinzige; aber damit droht hot mir so an rabiate Aushilfslehrer amol, als i auf sei Frog d' Antwort it schnell gnug hergsagt hon. Er hot nämlich sei Frog no gar it ganz gsagt g'het«(!) Mutters Gerechtigkeitsgefühl hatte sich empört, und sie erzählte den Vorfall ihrem Vater. Vater meinte: »Koi Angscht, Minele; wart no, den werded mr scho griege! Den lad e mor'n zum Schoppe ei!« Der Unterlehrer hat den Schoppen nicht ausgeschlagen. Minele hat auch von ihm keine Tatze bekommen. Ein seltener Fall. Von Schlägen verschont geblieben, hat sie doch gut beobachtet: »Jedes Frühjohr sind d' Lehrer und d' Schüler mitenander loszoge zum Datzestecke hole, weil die alte abg'schlage wared. Do sind eigentlich alle gern mit, weil's lustig zuegange ischt. Aber komisch war's scho: jetzt sind die Dümmste ganz eifrig vorne mit em Lehrer g'laufe und hont mit wahrer Begeisterung schene, grade, starke Stecke g'sucht.«

Mit Federvieh hat Mutter früh Erfahrung gemacht: Kükken, Gänschen und Entlein zog man selber auf; notfalls wurden die Eier in der warmen Bratröhre der Küche ausgebrütet. An den notwendigen Tümpeln und kleinen Bächen fehlte es nicht. Das Federvieh, mit viel Mühe und Liebe gehegt, bildete ein Nebeneinkommen der Bäuerin. Zudem lieferten Gänse und Enten die Bettfedern für die Aussteuer der Töchter. Dennoch scheint sich diese Nebenarbeit nicht als besonders lukrativ erwiesen zu haben, denn ich erinnere mich noch genau an einen Spruch meiner Mutter, als ich in späteren Jahren im Begriff war, mir einige Hühner zu halten: »Wer vergant'[1] und woißt it wie, der halt nur recht viel Federvieh!«

Als Minele 20 Jahre alt war, also zu Beginn des Ersten Weltkrieges, kaufte ihr der Vater ein Fahrrad. Das Geld hatte

1 verganten = verarmen, in Konkurs geraten

er durch Viehhandel erworben, den er nebenher betrieb. Wenn Mutter später auf diese Händlertätigkeit ihres Vaters zu sprechen kam, hatte ich immer das Gefühl, daß sie darüber nicht so gerne redete. »Handle« war moralisch nicht so einwandfrei wie »schaffe«. Mit der Zeit konnte man den Stall vergrößern; statt bisher vier bis fünf Kühe waren es dann acht. Da war Mutter schon nicht mehr in Gragenbach. Vier bis fünf Kühe, das war eine Landwirtschaft mittlerer Größenordnung, bedeutete wenig Bargeld für Kleidung und Besonderheiten. Ich finde unter Großvaters Einkaufsnotizen: »Jäckle fürs Büble«, »schwarze Sonntagsstrümpf für d' Aget«, auch einmal einen Hauch von Luxus: »Kirschen fürs Minele«.

Als Wärmedämmung wurde im Winter »Köpflesmoos« vom Wald geholt und dicht zwischen Fenster und Vorfenster eingelegt, zur Zierde oft mit bunten Papierblumen besteckt. Bis zu meinem 10. Lebensjahr haben auch wir das noch so gehandhabt.

»Mit Koche hond viele Leit am Wer'tig it viel Arbet g'het«, erzählte Mutter und meinte damit, daß ein Mus aus Simmel- oder Hafermehl schnell zubereitet und mit brauner Butter »g'schmelzt« war. Das Mus sei in der Messingpfanne in einem Holzgestell auf den Tisch gekommen, jeder habe seinen eigenen Löffel vom Regal an der Wand genommen und dann direkt aus der Pfanne gegessen. »Wer am schnellste 's größte Loch ins Mus g'gesse hot, hot am meiste von der Butterschmelze erwischt.« Spülkram gab es nicht viel, wenn jeder seinen Löffel sauber abgeschleckt hatte. In Gragenbach ist es allerdings nicht ganz so zugegangen: »Denn mei Mama hot d'Löffel in a hoißes Wasser g'worfe und d'Messer und d'Gable hon i an jedem Samstig mit Fegsand und 'me Flaschekorke fege müsse!« Auch am Werktag, besonders im Winter, wurde oft etwas Besseres als Mus gekocht: Krautspätzle, Schupf- oder Schleifernudle, Salveküchle oder gar

Kässpätzle mit Äpfelschnitz. Aber auch »a brennt's Muas« oder »saure Kartoffelrädle« hat es jede Woche einmal gegeben.

Aus ihrer Jugendzeit wußte Mutter von einer »Entgleisung« zu berichten, die größeren Ärger mit ihr zur Folge hatte: Sie ging – schon fast 17 Jahre alt – einmal nach der Sonntagsschule samt Schulranzen zum – Tanzen. »'s war doch so schee!« und »i hon's au glei ganz guet könne!« Der Bruno Stärk habe sie bei der Hand genommen und gesagt: »Komm, Minele, probier's doch au amol!« Die Eltern hätten eigentlich gar nicht so sehr geschimpft, aber der Lehrer hätte sich aufgeregt: »Solang man in d'Schul (Sonntagsschule) geht, hat man auf'm Tanzboden nix zu suchen, merk dir das ein für allemal!«

Ihre Patin, die bis 1959 lebte, sagte einmal: »'s Minele war b'sonders artig und sie war a schee's Mädle, voller Charme: jedes Mannsbild hot ihr zwoimol nochguckt. Hie und da war sie a bißle scheu und hot sich z'rückg'halte, und dann au wieder a klein wenig stolz.« Sie war aber nicht zu stolz, um mit 17 oder 18 Jahren im nahen Wald Beeren und Pilze zu sammeln und sie zum Markt nach Ravensburg zu tragen. »'s Geld für Beere und Pilz hon i b'halte dürfe für Glanzgarn, mit dem i an meiner Aussteuer g'stickt hon oder für a Straußefeder auf mein neue Huet.« Zum Markt mußte sie mit Korb oder Eimer einen Weg von etwa zwei Stunden Fußmarsch in Kauf nehmen. Manchmal hatte sie Glück, wenn ein Fuhrwerk sie mitnahm; ein holperiges Gefährt mit eisenreifenbeschlagenen Holzrädern war immer noch besser, als den Korb auf dem Kopf zu balancieren.

Bei der »Mennere vom Maiertal« habe ich als kleines Kind gesehen, wie man das machte. Wenn sie in unseren Laden[1]

1 Wir betrieben auch einen kleinen Lebensmittelladen für die Bauernkundschaft.

kam, trug sie stets ihren Einkaufskorb auf dem Kopf. »D' Mennere« war Witwe und lebte auf ihrem kleinen Anwesen mit ihren beiden Buben. »Sie spinnt«, sagte man herzlos. Sie kam aber nie in eine Heilanstalt, weil sie gutmütig war und nur eben unzusammenhängende Dinge vor sich hinredete. Sie hatte alte Gewohnheiten aus ihren früheren Jahren beibehalten und trug stets ein weißes Kopftuch, mit dem sie Stirn, Ohren und Hals fest einpackte; ihr Anblick erinnerte mich immer an einige Porträts der Ahnengalerie vom Schloß Waldburg. Von Gestalt schlank und groß, ging sie wegen ihres Korbes auf dem Kopf sehr aufrecht und bot uns Kindern einen imposanten Anblick. Sie war trotz ihrer Eigenartigkeit keiner Spottlust ausgesetzt. Wir Kinder mieden sie, im Gegensatz zum »Brose«, einem »verrückten« Mann aus Pfaumoos, der dauernd einen löcherigen Kübel auf dem Kopf hatte, den er, damit er ihm nicht übers Gesicht rutschte, mit Stroh ausstopfte. Der »Brose« wurde von uns trotz des strengen Verbots unserer Eltern gehänselt, sobald er irgendwo auftauchte. Er fiel Himmlers Euthanasiebefehl zum Opfer.

»Viel Geld, nämlich vier Mark am Tag « habe sie verdient, erzählte Mutter, wenn sie zusammen mit anderen Mädchen im Wald Jungpflanzen setzte und säuberte. »Do hot mr aber am Obed ganz schee Buckelweh g'het!« Trotzdem habe es auch Spaß gemacht, weil man nebenher mit den Forstgehilfen lachte und schäkerte. Das ließ die Mühsal ein wenig vergessen.

Unvergessen blieb Mutter das Theaterspiel. Im Dorf wurden von Pfarrer und Lehrer, vor allem im Winter, nach alter Tradition wehmütig-schöne Stücke eingeübt, lang und abendfüllend. Zur Weihnachtszeit war diese Aufführung, dargeboten ohne Eintrittsgeld, *das* gesellschaftliche Ereignis, auf das sich jedermann freute. Zeitung, Radio, Kino gab es nicht, nur Unterhaltung auf eigene Initiative: die Theatergruppe, Singchöre und die erste Blaskapelle. Zum Theaterspielen wurde Minele stets engagiert, ihr Spiel gefiel, nicht zu reden von dem außerordentlichen Spaß, den sie selbst daran hatte. Da war ihre Scheu vergessen. War es ein Wunder, daß das Mädchen schon früh viele Verehrer hatte? Und ich meine, zu diesen Verehrern zählte auch der damalige Pfarrer von Bodnegg, selbstverständlich in allen Ehren. Siebzig Jahre von Mama sorgfältig aufbewahrte, schön bebilderte Postkarten aus seinem späteren Amtssitz in Ellwangen und Feldpostkarten aus dem Ersten Weltkrieg, in dem er als Divisionspfarrer vier Jahre diente, zeugen von seiner Zuneigung, aber auch von einem humorvollen Menschen, wenn er seine Karten an die »Frau Baronin von Rüdiger« adressierte. Er war sicher, daß auch der Postbote wußte, wer damit gemeint war, da sie in einem Theaterstück eine Baronin gleichen Namens mit großem Erfolg gespielt hatte. Das Theaterspielen war praktisch die einzige Gelegenheit, wo der Herr Pfarrer ihr nahe sein konnte. Auch auf diesen Umstand mag die Theateradresse hinweisen.

Daß Minele fürs Heiraten bestimmt war, wußte jedermann. Sie überlegte sich: Dieser oder jener, welcher gefällt mir am besten, wen könnte ich mir als Vater meiner zukünftigen Kinder vorstellen? Der Bauer Franz vom Nachbarhof, der Schmied Magnus aus Siebratsreute, der fast jeden Sonntag auf seinem Pferd geritten kam, der Ratschreiber Bruno Stärk, der so schöne Pastellbilder malt?[1] Auch ein Unterlehrer spielte eine Rolle. Alle ihre »Bekanntschaften« sah die 20jährige (Abb. 7) aber nur unter dem Aspekt einer möglichen Heirat, die sie sich recht gut überlegen wollte. Die Mutter hatte zu ihr gesagt: »Wia ma sich bettet, so liegt ma, do muascht ufpasse!«

1 Bruno Stärk war später ein bekannter Künstler.

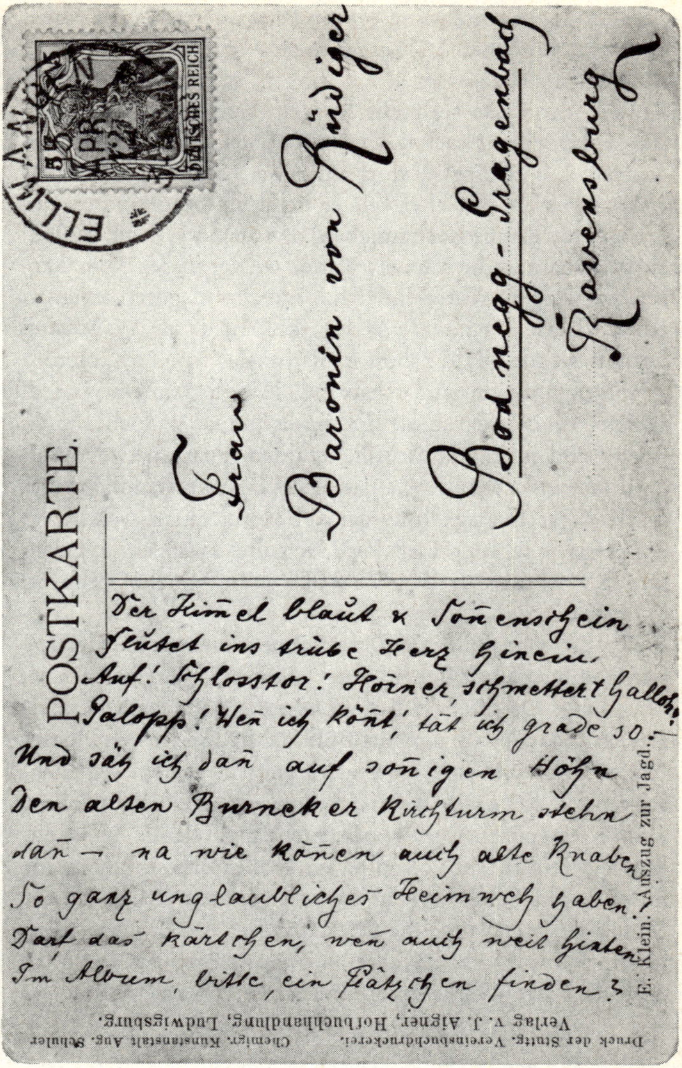
POSTKARTE

Frau
Baronin von Rüdiger
Bodnegg - Gragenbach
Ravensburg

Der Himel blaut & Sonenschein
Leuchtet ins trübe Herz hinein.
Auf! Schlosstor! Hörner, schmettert hallo,
Galopp! Wen ich könt', tät ich grade so.
Und säh ich dan auf sonigen Höhn
den alten Burnecker Kirchturm stehn
dan – na wie könen auch alte Knaben
So ganz unglaublichen Heimweh haben!
Darf das Kärtchen, wen auch weit hinten
Im Album, bitte, ein Plätzchen finden?

E. Klein. Auszug zur Jagd.

Druck der Stuttg. Vereinsbuchdruckerei. Chemigr. Kunstanstalt Aug. Schuler
Verlag v. J. Aigner, Hofbuchhandlung, Ludwigsburg.

Eines Tages hatte Minele ihren Papa überredet, die Milch aus dem elterlichen Stall nicht mehr – wie seither – täglich nach Mosing bei Amtzell zu bringen, sondern zur Käserei Kofeld, denn das sei nicht so weit, und der Milchkarren müsse dabei nicht auch noch einen »Buckel« hochgeschoben werden. Überhaupt sei dort ein Käser, der im großen und ganzen viel freundlicher sei, er helfe ihr bestimmt, in der Käserei die Kanne hochzuheben, den »Schottẹ̊« (die Molke) einzufüllen und die schwere Kanne wieder in den Milchkarren zu hängen. Vater Fidel hatte nichts dagegen, weil in Kofeld derselbe gute Preis für die Milch wie in Mosing bezahlt wurde. Bald schon kam Mineles zweiter Vorstoß: »Papa, kenntet mr it vielleicht d' Mill au am Obed in d' Käserei tue? Lueg amol, dia Käser brauchet doch a ganz frische und guat g'kühlte Mill, wenn's an guata Käs gebe soll! Und bei uns ischt des Kaltstelle doch so umständlich. *Mir* macht's gar nix aus, mit der Obedmill au no schnell in d'Käserei z'fahre!« Der Papa schaute zwar ein bißchen schräg, meinte aber dann: »Woll, woll, Minele, wenn du moinst?«

Das Leben war plötzlich eitel Sonnenschein, und jeder Tag stand unter dem Zeichen einer baldigen, glücklichen Entscheidung. Die Käserei Kofeld leitete ein junger Käsermeister, Alfons Geiselmann aus Bühl bei Laupheim, und dieser Alfons gefiel ihr ganz besonders gut mit seinem schicken, schwarzen Kaiser-Wilhelm-Schnauzbart. Ein Jahr genügte zum Kennenlernen, es wurde nicht mehr lange gefackelt, überlegt und erprobt. Und da ihr großer Bruder schon eine junge Frau auf das elterliche Anwesen gebracht hatte, konnte Minele heiraten, ohne die Eltern mit der Arbeit im Stich zu lassen. Sie war jetzt 23 Jahre alt, man schrieb das Jahr 1916 und der Erste Weltkrieg dauerte schon fast zwei Jahre.

Die Anfänge der Käserei Kofeld

Im Jahr 1911 entschlossen sich 25 Bauern der Umgebung von Kofeld, eine Genossenschaft zu gründen[1]. In Kofeld (an der Gemeindegrenze zwischen Bodnegg und Waldburg) wurde ein Käsereilokal gebaut, in dem der von einer Milchkäuferfirma angestellte Käsermeister Geiselmann die ersten Käse herstellte. Nach zwei Jahren schon hatte der Betriebsleiter das Vertrauen der Vorstandschaft sowie sämtlicher Milchlieferanten gewonnen und konnte die Milch auf eigene Rechnung übernehmen. Hier, im Hause dieser Käserei (Abb. 8), war nun Minele glücklich, aber auch mit viel Arbeit konfrontiert. Wenn es viel zu tun gab, stand sie ihrem Alfons auch in der Molkerei bei, um die Milch bei der Annahme zu messen. (Sie wurde nicht gewogen, sondern man las die Literzahl an einem Schwimmstab ab.) Sie scheute sich nicht,

1 Die bäuerlichen Betriebe erzeugten vor 170 Jahren noch alles selbst, was sie für den Haushalt benötigten. Als aber diese selbstgefertigten Erzeugnisse, die von den Bauern auch auf den Märkten in den nahen Städten angeboten wurden, immer schlechtere Preise erzielten, verarmten die ländlichen Gebiete immer mehr. Den Bauern wurde nun empfohlen, noch mehr auf Weiden und Grünland umzustellen und den Viehbestand um ein Mehrfaches zu erweitern, weil dadurch die Gründung von Sennereien und Käsereien als stetige Absatzstelle für die Milch der Bauern möglich war.
Um das Jahr 1904 wurden bei Welte in Maiertal (Gemeinde Waldburg) die ersten Käse gefertigt – und zwar Emmentaler, wie sie der Schweizer Johann Altshaus auf einer Allgäuer Alpe herstellte und sie in seiner heimatlichen Weise nach dem Emmental in der Schweiz benannte. Hunde mußten damals ein außerhalb des Hauses angebrachtes Rad in Bewegung setzen und auf diese Weise das Butterfaß drehen.

auch beim »Kässchmiere«[2] im Lagerkeller zu helfen. Die tägliche Arbeit wollte kein Ende nehmen. Nebenher galt es, für den Käseabsatz zu sorgen. Geld mußte parat sein, da die Bauern ihr Milchgeld zu jedem Monatsende bar ausgezahlt haben wollten. Die »Zahltaschen« waren große braune Papierkuverts. Auf der Vorderseite wurden in einen Vordruck die Abrechnungsmodalitäten eingetragen.

Zwei Mädchen wurden in dieser Zeit geboren: Theresia und Hildegard[3].

Es war eine glückliche kleine Familie – bis 1922. Alfons wurde krank. Die Lunge war infiziert: Tuberkulose. Alles nur Mögliche wurde unternommen, um die Gesundheit wieder herzustellen. Aber auch eine Operation bei einem Spezialisten in München konnte nicht helfen; noch während dieses Eingriffs ging sein Leben zu Ende, mit 38 Jahren. Minele war mit in München und wartete und betete um Hilfe für ihren Alfons; aber Professor Sauerbruch sagte ihr nach der Operation: »Wir haben getan, was wir konnten; unsere Arbeit war nicht von Erfolg gekrönt. Ihr Mann ist gestorben; beten Sie, jetzt ist das Gericht!« Mutter hat diesen klaren, nüchternen Satz nie mehr vergessen und wortwörtlich im Gedächtnis behalten. Warum erwähnte dieser unbestreitbar große Arzt gegenüber der Frau, der er eben die nicht

2 Dieses Schmieren ist notwendig, um unerwünschte Schimmelbildung oder ein Vertrocknen der Käsestücke zu verhindern. Mindestens zweimal wöchentlich wird jedes einzelne Stück Käse mit den Händen, die zuvor in leicht gesalzenes Wasser getaucht werden, von allen Seiten abgerieben, wodurch nach und nach die bei Weichkäse bekannte, äußere rötliche Schmierschicht zustande kommt und der Käse im Inneren ausreifen kann. (Von dieser Arbeit bekommt man übrigens sehr weiche Hände, und der Molkedampf einer Käserei gibt eine reine Haut; wir wußten nichts von Pickel!)

3 Aus dieser Zeit stammen auch die beiden Fotos mit den Oldtimern. (Abbildungen 9 und 10)

geglückte Operation mitteilte, das »Gericht«? Trost? Wohl kaum. Ablenkung vom Schmerz durch Aufforderung zum Gebet? Denkbar. Oder war es ein Hinweis auf seine eigene Verantwortung? Die Operationsmethode für eine Thoraxöffnung war noch in den Anfängen. Sie fuhr nach Hause zu ihren beiden Kleinen – zwei- und vierjährig – und mußte ihnen sagen, daß ihr Papa nicht mehr wiederkommen werde. Sie habe das Gefühl gehabt, sagte sie später zu uns, das Leben stehe still. Sie sei so allein gewesen mit der Käserei und den Kindern.

Die Käserei wollte die 29jährige Frau nicht aufgeben. »Wo hett i au hin solle mit meine zwoi Kinderle?« »A Rente hot's koine gebe. Hoim hon i au nimme kenne. 's hot bloß oins gebe: weitermache und fleißig sei!« Mutter stieß stets ein paar tiefe Seufzer aus, wenn sie auf diese Zeit zu sprechen kam: »'s Geld ist mir unter de Händ kaputt gange. Für an Loib Brot hot ma im Februar 1923 30000 Mark zahle müsse. Fürs Milchgeld hon i an Koffer voll Milliardeschein braucht. Alle paar Tag hon i de Baure d' Milch wieder zahlt, sonst wär i nimme mitkomme!« Es war die Zeit der großen Inflation[1], und die Preise für die Milch mußten in ganz kurzen Zeitspannen neu mit den Bauern ausgehandelt werden, anfangs noch monatlich, nach und nach wöchentlich, ja täglich.

Als einer ihrer früheren Verehrer vom Tod ihres Mannes erfährt, getraut er sich, bei ihr anzuklopfen. »Mang«, wie ihn alle nennen, war inzwischen 37 Jahre alt geworden; weil ihm keine mehr so gut gefallen hatte wie das Minele von Gragenbach, hatte er sich immer noch zu keiner Heirat entschließen können. Als das Trauerjahr zu Ende ging, kam er nach Kofeld und warb erneut um seine Jugendliebe.

1 Am 15. November 1923 morgens um 10 Uhr galten bei der Bank folgende Kurse: 100 Milliarden Mark = 10 Goldpfennig, 1 Billion Mark = 1 Renten- (oder Gold-)mark, 4,20 Rentenmark = 1 US-Dollar.

Waldburg – Die Stätte von Vaters Ahnen

Nach Waldburg kam ich nur zweimal im Jahr, in den Sommerferien zum Zahnarzt und im Herbst zur »Kirbe«. Die Kirbe hat dort einen etwas anderen Charakter, sie ist altertümlicher und traditioneller als in Bodnegg. Das Waldburger Fest war für mich schöner: Es unterschied sich schon durch die Salutschüsse. Während in Bodnegg zur Feier des Tages auf dem »Schießbuckel« hinterm Schulhaus nur Böllerschüsse losgelassen wurden, kamen die Salutschüsse in Waldburg unter lauten Kommandorufen aus etwa 40 Gewehren der in ihre alten Uniformen mit schwarzen, hohen Büschelhelmen gekleideten Bürgerwehr. Mit wollüstig-schauerlichen Ängsten erwarteten wir Kinder diese Salven, weil sie jedesmal erneut ein freudiges Erschrecken auslösten. Waren in Bodnegg zwei, höchstens drei Verkaufsbuden aufgebaut, so standen in Waldburg mindestens fünf, zudem überschattet von großen, alten Kastanien neben der »Krone«.

Das Karussel war dasselbe, aber es drehte sich lustiger und stand auf einem schöneren Platz als in Bodnegg, die heißen Würste schmeckten besser, die Brezeln waren größer und die Limonade farbiger; und schließlich war in Waldburg unser »Gette«, der zum Fest, wie Vater auch, in Frack und »Seideböller«[1] erschien. Sobald er uns sah, steckte er jedem einen »extra Bätz[2] zum Karusselfahren« zu. In Waldburg habe ich mit zehn Jahren auch das erste Eis gelutscht.

Der Schulausflug jeder Bodnegger Schulklasse führte

1 Zylinderhut
2 ein Zehnpfennigstück

zumindest einmal auf die Waldburg[1], zu Fuß versteht sich, mit Vesper im kleinen Rucksack. Ein besonderes Erlebnis war dabei die schauderhafte Folterkammer. Nicht weniger einprägsam war ein Bild im unteren Gewölbe der Burg, das vorstellte, wie einem Dieb mit einem mächtigen Beil die Hand abgehackt wurde. Solch grausame Strafe hat mich darin bestärkt, daß Stehlen etwas sehr Schlimmes sei.

Bei meinem letzten Besuch auf der Waldburg fiel mein Blick auf ein Bild (Abb. 11, 12) in einer Fensternische, und mich überraschte es, den Familiennamen meines Vaters dort zu lesen, der ja aus Waldburg stammt[2]. Es handelt sich um die Darstellung des Wangener Karthographen Rauch von 1625, auf der die einzelnen Bohlenhäuser des damaligen Ortes Waldburg und, außer Burg und Kirche, nur wenige vornehme Fachwerkhäuser abgebildet sind, wie das des Camerarius und des Gastwirts, der auch Richter von Waldburg war. Häuser und Hütten der Bewohner sind maßgerecht vom Maler festgehalten, *»subscribiert, assigniert«*, und auch die Namen aller »Inwohner der Zeit« liest man auf dem Bild unten rechts in einem *Verzaichnis deren personen so zu der Zeit zu Waldburg Inwohner und was für Handwerck, auch zu was heüser solche zu finden, ist diß mit No. 1, 2, 3 vleisig demonstrirt.* Unter den Nummern 5 und 6 finde ich geschrieben: *»Jacob Forstenheisler, Richter und Tafernwürtt«.* Sein Wohnhaus war nach Schloß und Kirche das größte aus Stein. Meine anfängliche Einbildung auf diesen eventuellen alten Vorfahren wurde aber gleich wieder gedämpft, weil es die Richter waren, die die schrecklichen Folterwerkzeuge der

1 Die Burg befindet sich auf der höchsten eiszeitlichen Moränenkuppe im oberschwäbischen Alpenvorland (772 m ü. d. M.).

2 In den Pfarramtsakten Waldburg und Schlier läßt sich das Geschlecht der Forstenhäusler bis Ende des 16. Jahrhunderts zurückverfolgen.

Burg einstmals anwenden ließen, um Geständnisse von armen Sündern und Unschuldigen zu erpressen.

Mein Vater

Vater ist in Siebratsreute bei Waldburg geboren und auf den Namen Magnus getauft worden. Er war ein zufriedener Bub, schlank, blond, mit ein paar Sommersprossen im Gesicht. Als ich 14 Jahre alt war und einige Pünktchen auf meiner Nase entdeckte, hat er mich getröstet: »Mach d'r wege dem koi Kopfarbet. Märzeriesele hon i als Kind au g'het, des vergoht ganz vo selber wieder!« Er ist ohne Zimperlichkeit erzogen worden und wurde immer angehalten, die Obrigkeit und »gebildete« Personen zu respektieren. Seine Haltung bei seinem Tode ist ein nicht zu übersehender Hinweis: Hart gegen sich selbst, voller Vertrauen auf die Kunst der Ärzte, klagte er nicht über einen ihn quälenden Darmbrand, der – vielleicht deshalb – erst erkannt wurde, als es zu spät war.

Zu Hause hatte man einen Bauernhof und eine Schmiede. Sein Vater war besonders geschickt im Pferdebeschlagen. »Komm no, 's bassiert dr nix, mir macheds ganz »hofele« (sachte), hörte er ihn oft sagen, wenn ein Pferd sich unruhig und ängstlich gebärdete. Es rauchte und zischte und roch nach verbranntem Horn, wenn das noch heiße Eisen angepaßt wurde. Die Arbeit erforderte Sorgfalt, das lernte der Kleine schon früh. Manchmal reichte er dem Vater eine Zange, mal den Hammer, dann einen Nagel oder das Hufmesser. Ein dicker, lederner Schurz schützte Knie und Hosen bei der schweren Arbeit.

Nicht ganz leicht fielen dem Jungen die lateinischen Responsorien des Staffelgebets und das besonders schwierige »Suscipiat« für den Ministrantendienst in der Waldburger Kirche. Dann schlich er sich in der Küche um die Mutter herum: »Ka'scht mr it helfe? I mueß's am Sunntig uswendig kenne, sonscht holt dr Pfarrer 's Steckele!«

Auch von Papa wollten wir Näheres über die Schule und den Stock hören. »Ja-a-a, so ganz ohne isch's it abgange. Hie und da bin e halt z'spät komme, wenn e am Morge z'erscht der Mama g'holfe hon, d' Saue und d' Kälble futtere und it fria g'nueg ufg'stande bi; und b'sonders guet g'falle hot m'rs in der Schuel au it!«

Zum 50. Geburtstag unseres Vaters habe ich ein Gedicht aufgesagt, das Mutter selbst verfaßt hatte; darin heißt es über Vaters Schulzeit:

's hot em z'erst zwar it recht g'falle,
alle Tag die Plagerei,
doch ma g'wöhnt sich z'letzt an alles
und die Johr gon't au vorbei

Noch der Schul, do got's in d' Schmiede
wie sich jetzt des »Mängle« freit!
Des ischt scho a anders Lebe,
wo's die Gäul zum B'schlage geit.

Wenn wir heranwachsenden Mädchen die Mutter später naseweis fragten: »Erzähl doch, wie des war, als der Papa nach Kofeld komme ist und dich hot heirate wolle!« erfuhren wir, und Mutter lächelte: »I hon manchmol im Stille denkt, wenn er sich no traue tät, der Mang. Der hot mir alleweil scho gfalle.« Wir hätten gerne etwas über Liebe und so gehört, aber über ihre Lippen kam nicht mehr und nicht weniger, als daß er eben gesagt habe, er wolle ihr ein lieber Mann und den zwei Kleinen ein guter Vater sein; das letztere sei ganz besonders fein gewesen, meinte Mutter. Über Gefühle redete sie nicht gerne, man sprach darüber nicht mit anderen, und den eigenen Kindern erzählte man schon gar nicht »solche Dinge«. »Den Kindern ein guter Vater sein« war sicherlich ein bedeutsames Moment in der Werbung um eine junge Witwe.

Mang hat sein Versprechen erfüllt. Glückliche Stunden und zufriedene Tage kamen wieder ins Haus in Kofeld, und dies nicht nur zu Anfang der Ehe. Ich habe auch später nie erlebt, daß sich meine Eltern gezankt hätten, und ich weiß heute, daß dieser Friede und die ihm inneliegende Geborgenheit ein wesentliches und starkes Fundament für uns Kinder war. Ganz sicher waren auch unsere Eltern nicht immer einer Meinung, aber dennoch hatte ich keinen einzigen Streit erlebt. Zumindest merkten wir Kinder nie etwas davon, denn eine Meinungsverschiedenheit vor den Kindern auszutragen, gab es nie. Andererseits zeigten sie außer einem gegenseitigen liebevollen Blick auch keine Liebkosung vor den Kindern. Vater machte, soweit ich das beurteilen kann, keinen Unterschied zwischen seinen eigenen und seinen Stiefkindern. Daß wir Stiefgeschwister waren, merkten wir erst, als wir lesen konnten. Auf den Schulheften von Rese und Hilde stand »Geiselmann« und nicht »Forstenhäusler«. Eine Debatte darüber war nach wie vor undenkbar. Heute weiß ich, daß Vater für seine leiblichen Kinder natürlicherweise mehr empfunden haben muß. Diese Einsicht habe ich mir vielleicht deshalb lange verwehrt, weil ich den Vorzug einer höheren Schulbildung genoß, und darin nur eine Zufälligkeit sehen wollte. Für das Bemühen meines Vaters aber, alle gleich zu behandeln, dürfte die Tatsache sprechen, daß ich nicht mit Sicherheit angeben kann, wer sein Liebling gewesen ist. Manchmal dachte ich, daß sein Auge mit besonderer Liebe auf mir ruhte. Schon Abraham hatte seinen Liebling. Bei Mutter war, zumindest in späteren Jahren, offenbar, daß sie einen Liebling hatte.

Um Minele, jetzt die Mina, zu werben, hieß für Mang nicht nur, sofort Vater sein zu müssen; er mußte auch seinen bisherigen Beruf als Bauer und Schmied aufgeben. Seit dem

Ende der Schulzeit schmiedete er Wagenräder, kunstvolle Gartenzäune und eiserne Tore und beschlug Pferde in der elterlichen Schmiedewerkstatt. Mit seinen vom Vater erlernten Fertigkeiten hatte er den Meistertitel bei der Handwerkskammer Ulm erworben. In der elterlichen Schmiede wurde eine große Zahl der damals noch auf allen bäuerlichen Anwesen zur Feldarbeit benötigten Rosse Waldburgs und der Umgebung beschlagen. Die Schmiedemeister in Siebratsreute, also Vater Vinzenz mit seinen drei Söhnen Anton, Vinzenz und Mang, waren weitum – bis nach Weingarten – bekannt als vorzügliche Hufschmiede. Alle vier hatten das rechte Gehabe im Umgang mit Pferden. Vor allem Mang liebte sie über alles, und sooft es die Zeit erlaubte, ritt er über die Felder des elterlichen Hofes, sonntags auch in die weitere Umgebung bis nach Waldburg, manchmal nach Gragenbach. Doch hatte Minele damals schon den Alfons im Sinn.

Seine Liebe zu den Pferden hat meinen Vater wahrscheinlich vor einem schweren Fronteinsatz im Ersten Weltkrieg bewahrt. Ich will berichten, was mir darüber bekannt ist, eine fast unglaubliche Geschichte: Bei der Mobilmachung 1914 werden die meisten Gäule aus den Gehöften eingezogen, so auch zwei schöne rotbraune aus dem Stall in Siebratsreute. Für die ganze Familie bricht ein trauriger Tag an: Zuzusehen, wie die Tiere folgsam, ahnungslos und voller Vertrauen einem schweren Los entgegengehen, löst tiefes Mitleid aus. Der Vater, die Söhne, die Mädchen drücken sich herum, keiner will an die Arbeit. Die Mutter bringt den Pferden noch einen Leckerbissen, ein paar Stücke Brot, die 20jährige Cille hält auf der flachen Hand jedem ein Bröckchen Zucker an die weichen Nüstern. Mangs Augen sind rot und verdächtig feucht. Ohne Kummet, ohne Sattel, nur ein kleines Halfter am Kopf werden sie von Anton abgeführt, weg zum Sammelplatz der Garnison Weingarten. So lange von dem kleinen Trupp noch etwas zu sehen ist, stehen sie alle da, blicken hinterher und versuchen vergebens, die Tränen zurückzuhalten. An vielen Tagen noch schleicht Wehmut ums Herz beim Anblick der leeren Boxen im Stall. Die Siebratsreuter rechnen damit, daß ihre Pferde nach hartem Dienst letzten Endes irgendwo zerschossen an einem Wegrand verbluten.

Von 1915 an wurden die Söhne Forstenhäusler einberufen, zuerst Anton, dann Vinzenz, dann Paul, schließlich Mang. Mang kam – damals 28 Jahre alt – als Kanonier in die Argonnen.

An einem naßkalten Herbsttag des Jahres 1916 hat er eben seinen Wachtposten an der Nachschubstraße bezogen. Gelangweilt sieht er einen langen Tross vorbeiziehen, der schwere Kanonen in eine andere Stellung bringt. Plötzlich wird sein Blick wach; scharf blickt er nach der gegenüberliegenden Seite: »Des gibts doch it! Mang, i glaub, dir tromt's!« Aber dann weiß er, daß sein pferdegeschulter Blick ihn nicht foppt: dort ist sein »Fuchs« vor ein schweres Geschütz gespannt; an Gestalt und Gangart erkennt er das Tier von weitem. Mang sieht sich um: nein, da ist nichts zu machen, er kann seinen Posten nicht verlassen, es ist streng verboten. Den ganzen langen Tag ist er unruhig. Aber dann, als er abgelöst wird und es dunkel ist, hält ihn nichts mehr. Er rennt los in die Richtung, die der Trupp genommen hatte, und muß die halbe Nacht laufen, bis er den Haufen endlich einholt. Er sucht sich durch und steht dann unverhofft vor dem lieben Kameraden von zu Hause. Überglücklich streichelt er den Hals des Tieres, liebkost den ihm vertrauten großen, klugen Kopf und er weiß, daß das Pferd ihn erkennt, als es vor Freude laut wiehert und seine Nüstern bebend und weich über sein Gesicht streichen. Das Brot aus seiner Abendration hat er ihm mitgebracht. Lange steht er neben ihm im Regen, spricht beruhigende Worte, selbst in Gedanken an zu Hause versunken. Dann muß er die vielen Kilometer über unwegsames Gelände zu seiner Stellung zurück. Erst im Morgengrauen kommt er an. Zwei Tage später wird ihm klar: er hat sich eine Lungenentzündung geholt und muß ins Lazarett, und weil das Fieber von Tag zu Tag steigt, geht es »im Krankewage hoimwärts zua«, wie Papa sich später ausdrückte.

Die danach an diesem Frontabschnitt einsetzenden schweren Kämpfe, bei denen auch Giftgas verwendet wurde, blieben ihm erspart. Er mußte bis zum Kriegsende nicht mehr an die Front, sondern war als Hufschmied in der Etappe eingesetzt. Und – kaum zu glauben – auch das Pferd kam unverletzt wieder heim in seinen alten Stall[1]. Noch um das Jahr 1930 lebte es auf dem elterlichen Hof, den inzwischen sein Bruder Vinzenz übernommen hatte. Bei ihm durfte der alte Veteran bis an sein Lebensende bleiben und wurde gelegentlich noch zu leichten Feldarbeiten herangezogen. Uns Kindern wurde dieser »Kriegskamerad« bei Besuchen vorgeführt, und in unserer Phantasie umgab ihn ein Glorienschein, obwohl er sonst aussah wie jedes andere Roß.

Mina zuliebe mußte Mang, jetzt 38 Jahre alt (von Liebschaften, Freundinnen oder im Ansatz verwirklichten, ernsthaften Absichten weiß ich nichts), einen neuen Beruf erlernen. Er arbeitete drei Monate in einer Allgäuer Sennerei. Dann wurde geheiratet. Mutter trat nicht in weißem Schleier vor den Altar: Eine Witwe heiratete in einem langen, schwarzen Seidenkleid; so war die Tradition.

Auch an seiner neuen Tätigkeit hatte Mang Freude. Wenn er noch einen Rat brauchte, fragte er seine Mina. Sie wußte inzwischen selbst recht gut Bescheid über die Verarbeitung von Milch zu Butter und Käse. Eine Umstellung war es für ihn aber in jedem Fall. »I glaub, er wär am liebschte Bauer gsi, obwohl er's it so recht zuegibt!« vermutete Mutter. Sie hat

1 Die einstigen Besitzer waren genau registriert.

ihre Meinung zwar nicht präzisiert, zweifellos wußte sie aber um das Opfer, das Mang trotz aller Zuneigung zu ihr nicht erspart blieb. Uns, seine Töchter, hätte er am liebsten auf stattliche Bauernhöfe verheiratet. Wenn er seine auf großen Höfen verheirateten Schwestern besuchte, verschwand er, noch bevor er im Haus »Grüß Gott« gesagt hatte, schon in den Ställen, um die Pferde und das schöne Vieh zu besichtigen.

Von Monat zu Monat hatte Mang mehr und mehr die notwendigen Feinheiten der Käseherstellung entdeckt. »'s Wichtigste ischt gwea, daß d' Bura a saubere und guet g'kühlte Mill g'liefert hond, 's Gras und 's Heu mueß einwandfrei sei. Manches hon ich müesse jedem oinzeln diplomatisch erkläre, weil sich dr oi oder andere it gern ebbes sage lassed. Aber auf »ihren Käser« hond se g'hört, wenn er en guete Literpreis versproche hot. 's ischt au vorkomme, daß i oin mit seiner Mill wieder hoimg'schickt hon, wenn beim Umleere im Sieb z'viel Fliege g'lege sind oder d' Mill verdächtig blau (verwässert) ausg'seh hot.«

Die Käsequalität hängt nicht nur von der Milchbeschaffenheit und den Feinheiten der Herstellung ab, sondern in hohem Maße auch von der Lagerung. Deshalb drang Vater darauf, daß ein Keller gebaut werde. Dabei kam ihm der Beschluß der Genossenschaft (deren Mitglieder setzten sich aus Vaters Milchlieferanten zusammen), das Käsereigebäude zu verkaufen, zu Hilfe. Die Bauern wollten ihren Viehbestand wieder erweitern und brauchten Geld. Mang und Mina verhandelten, und siehe da, es kam ein Kaufvertrag zustande. Allerdings verlangte die Vorstandschaft, da nicht alles bar bezahlt werden konnte, 25 % (!) Zinsen. Es war eine harte Zeit für die beiden. Durch die Inflation waren die Sparbücher leer. Zudem hatte Mang sein Erspartes und sein von den Eltern erhaltenes Vermögen seinen beiden Schwestern geliehen, damit sie die Möglichkeit hatten, die von ihnen erwählten Bauern, Erben von großen Höfen, zu heiraten[1].

Auch diese Leihgabe an die Schwestern war durch die Entwertung auf ein Minimum zusammengeschrumpft. Aber Mang war froh, beide gut verheiratet zu wissen, und stellte keine Forderungen. Seiner Mina allerdings fiel dieser Verzicht schwer. »Laß no, Mina, mir schaffet's au so!« sagte er dann beruhigend zu ihr. Ob die Eltern überhaupt eine Chance gehabt hätten, das entliehene Geld in neuer Währung teilweise ersetzt zu bekommen, ist unwahrscheinlich. Ich glaubte zu bemerken, daß Papa sich mit seinem ältesten Bruder Anton, dem Done (der zweitälteste Sohn, Vinzenz, hatte die elterliche Schmiede in Siebratsreute bekommen), nicht ganz so gut verstand. Onkel Done hatte eine Schmiede in Winterbach übernommen. Ich fand es dort toll. Zwanzig Kinder hatte der Onkel zuletzt; da war Leben, war etwas geboten, gab's nie Langeweile; es reichte, wenn nur die Hälfte zu Hause war. Kam das Gespräch auf den Done mit seinen vielen Kindern, so war aus Vaters Ton immer ein bißchen der Vorwurf herauszuhören: seinem Weib zuzumuten, jedes Jahr ein neues Kind zur alten Schar dazu zu bekommen, das sei zuviel; Done sei unbeherrscht, konnte er schon mal äußern. Nachdem über ein Dutzend in Winterbach durchs Haus wetterten – alle gesund und putzmunter – starb die Mutter. Anton gab den Kindern schon bald eine neue

1 Früher war es nicht möglich, ohne entsprechendes Vermögen in einen Bauernhof einzuheiraten, weil den vom Hof abgehenden anderen Geschwistern ein Erbteil zustand. Und hier mußte die zukünftige Frau und Bäuerin eine Mitgift zur Verfügung stellen. Nur selten hatte einer der nicht erstgeborenen Söhne oder die Töchter einen Beruf erlernt, denn sie wurden auf dem Hof zur Arbeit gebraucht und hatten dann für ihre jahrelange Mitarbeit Anspruch auf ein Erbgut.

Mama, und der Kindersegen hielt an. Die Großen kamen früh in eine Lehre oder in Dienst.

Einer, der Alfons, lernte bei uns Käser. Wenn wir unseren hübschen, aufgeweckten Vetter – er fiel 1942 in Rußland – fragten: »Wieviel Kinder sind's bei dir dahoim?« lachte er laut: »Ma ka's it zehle, sie sind nia ru'ig!« Ich meine, er hat sich mit seinen 19 Geschwistern ein wenig geniert.

Bei unserem Gette, Vinzenz, der, wie schon erwähnt, das elterliche Anwesen bekommen hatte, brauchte bei nur einem Sohn und zwei Töchtern niemand verlegen zu werden. Aber eine Besonderheit war auch an den dortigen Umständen bemerkenswert. Vaters Ausspruch war: »Des goht hinde hott! Ma nimmt doch it zwoi Weiber!« »Ins Haus« war damit gemeint. Die unverheiratete Schwester der Frau, die Seffa, war aber ihr Lebtag eine herzensgute »Dante« und hat sich in der Familie nützlich gemacht. Zudem brachte sie ihre »Waldburger Felder« mit ein.

Mang und Mina schafften es. Die Schulden wurden weniger. Die gute Qualität der Ware war in Ravensburg und Wangen gefragt, die Kundschaft auf den Märkten kam treu und zuverlässig, denn die Butter war frisch, und Kofelder Käse hatte das gewisse Etwas: er war nicht so räß[1] (scharf).

Mang stand an Markttagen zwischen drei und vier Uhr in der Frühe auf, ließ das Butterfaß rotieren und war mit der marktgerecht verpackten Butter bereits um sieben Uhr in der zehn Kilometer entfernten Stadt – mit einem vom Nachbarn geliehenen Pferdefuhrwerk. Den »Hageschwanz« sehe ich noch genau vor mir, welchen Vater vorsorglich mitnahm, um einen im Eggenwald oder im Knollengraben eventuell lauern-

1 Mit uns Käserstöchtern wurde oft ein »Späßle« gemacht mit der Frage: »Ei Mädele, ei Mädele, wie macht ma denn de Käs?« Und dann kam prompt die Antwort: »Ma tuet en in a Kiebele und druckt en mit em Fiedele, drum ischt der Käs it räß!«

den Wegelagerer oder »Kommunisten« abwehren zu können. Mit dem Wort »Kommunisten« verband ich die Vorstellung von einer Menschengruppe, die darauf aus war, anderen Leuten »ihr Sach« wegzunehmen. Ums Jahr 1928 kaufte Papa einen großen Opel-PKW (Abb. 13), der sich zum Beladen mit Kisten und dergleichen eignete. (Von da an konnte der Hagenschwanz zu Hause bleiben.) Papa stand aber jetzt an Markttagen nicht etwa eine Stunde später auf, sondern benützte die gewonnene Zeit, um noch mehr Butter als bisher herzustellen und auf den Wagen zu laden.

Wollte die Familie mal einen Ausflug unternehmen, so wurden eine Holzbank und zwei kleine Kinderstühlchen in den Laderaum des Autos gestellt, und wir waren's zufrieden. Die Geschwindigkeit der Autos hielt sich in Grenzen, daher befürchtete auch keiner, daß wir uns bei einem Bremsmanöver verletzen könnten. Wir blieben immer alle heil und fielen nie von den Stühlen, wenn Vater das Auto zum Halten brachte. Schnell und überraschend zu bremsen brauchte er nie. Nur einmal mußte er, um einer gefährlichen Situation gerade noch zu entgehen, ganz entschieden Gas geben. Als ich viele Jahre später ähnliche Autos wie unser damaliges in Stummfilmen mit Oliver und Stanley sah, erinnerte ich mich wieder an den Vorfall: Wir machten eine Reise nach Bühl bei Ulm, um die Großmutter von Hilde und Rese zu besuchen; für uns eine ziemlich große Unternehmung. Auf der Heimfahrt näherten wir uns bei Dunkelheit einem unbeschrankten und auch sonst in keiner Weise kenntlich gemachten Bahnübergang, als Papa und wir, vor Schreck halb gelähmt, einen Zug anbrausen sahen. Aus fünf Kehlen ertönten gleichzeitig Verhaltensanweisungen. Verständlich für ihn war nur das Wort »halt!« der Mama und das »Gib Gas, Papa!« der zehnjährigen Hilde. Ein Glück, daß er aufs Gaspedal drückte. Wir kamen gerade noch heil rüber; bremsen hätte zur Katastrophe geführt.

Mit unserem alten Opel kutschierten wir bis 1936. Und erst als beim Durchfahren einer Ortschaft am Fuße des Gehrenbergs die Dorfkinder unserem Gefährt nachgafften und sich über das betagte Mobil lustig machten, hat sich Vater zum Kauf eines neuen entschlossen, besonders, da auch unsere Hilde meinte: »Papa, jetzt isch aber Zeit für a neu's Auto, sonst fahr i selber nimme mit!«

Kindheit ohne Fernsehen und Kindergarten

so bin ich aufgewachsen
so bin ich erzogen worden

1925 ist die erste Tochter der beiden zur Welt gekommen. Das war ich, und sie nannten mich Agnes-Wilhelmine. Es war Montag, der 20. Juli, und in Ravensburg feierte man eben das »Rutenfest«[1]. Eigentlich hatten Mang und Mina einen Sohn gewollt, denn zwei Töchter aus erster Ehe waren bereits da. »Warte mr's ab«, sagte Mang ruhig im Blick auf die Zukunft. Als ich zwei Jahre alt war, kam jedoch wieder eine Tochter. Das Kind wurde Hedwig genannt, nach unserer damaligen langjährigen Haushälterin, die für Mutter wie eine Freundin war.

»An dr Agnes ischt an Bua verlora gange«, trösteten die Nachbarn später meinen Vater, obwohl er mit mir keineswegs unglücklich war. So war das »ein Bub sei an mir verloren gegangen« zumindest für mich mehr eine Charakterisierung meiner »Wetterhexen«-Art. Ob ich mich mit ihr aber als Bub aufspielen wollte – denn irgendwie mußte ich es bemerkt haben, daß Papa ein Sohn fehlte – wer weiß das schon?

Die kleine Agnes liebte es absolut nicht, spazieren gefahren zu werden. »Wie oft hon i zur Nahne[2] gseit: ›Worum traged Ihr denn des Kind alleweil auf em Arm, wo er Ehne doch sowieso scho weh tuet?‹« erzählte mir später meine Mutter.

1 Ein altes Volks- und Schülerfest mit historischem Umzug, Adlerschießen, Fanfaren- und Trommlerzügen.

2 Nahne = Großmutter. Der Großpapa und die Großmama waren von Gragenbach nach Kofeld gezogen, um ihren Lebensabend bei ihrer Tochter zu verbringen. Auch die eigenen Eltern wurden mit »Ihr« angeredet, sobald sie zu den alten, ehrbaren Leuten zählten.

Aber die Nahne habe gemeint, daß sie »des scho no könn«, und soll sich folgendermaßen gerechtfertigt haben: »Wahrscheinlich isch's dem Kind halt langweilig in dem nuimodische hohe Kinderwage, wo's bloß de Himmel sieht und sonscht nix. I laß des Gröttle, wenn's im Wage bläret (weint), auf dr Stroß dreckle, bis es gnueg hot. Und drecket kann i's it in de Wage lege. Also nemm i's halt zum Hoimgange uf de Arm, und so hon i a z'friedes Kind.« Den leeren Kinderwagen hat der »Nähne« nebenher geschoben.

An Großpapa habe ich keine Erinnerung mehr. Er ist gestorben, als ich ein Jahr alt war. Großmama hatte eine schmale, kleine Brille auf der Nase, an die ich mich noch gut entsinne. Da Großmutter starb, als ich zwei Jahre alt war, muß diese Erinnerung in eine sehr frühe Zeit zurückreichen.

Im Alter von zwei Jahren, wußte man später zu erzählen, habe die »Grott« laufend etwas Wichtiges zu tun gehabt und sei immerzu beschäftigt gewesen: Bei Hedwig, der Haushälterin, hatte sie, in ein Spiel vertieft, unbemerkt das Schweinefutter aus dem großen Kübel schäpfchenweise schön sachte in alle Ecken im Hausgang verteilt, und das, nachdem gerade frisch geputzt war. Hedwig habe »die Sauerei« erst bemerkt, als die Kleine rief: »esse tomme, esse tomme!« Oder ein andermal bei der Mama, als sie eines Tages im Wohnzimmer mit ihren nackten Füßchen auf den am Boden in der Sonne zum »Aufgehen« stehenden Dampfnudeln gefühlvoll herumpatschte mit der Feststellung, sie seien »lind«, und dabei dieses »lind« bei jedem Tapper auf eine dieser Hefeteignudeln vor sich hinplapperte (lind = sehr weich).

In diesem Alter verfolgte ich täglich mit Daumen und Zeigefinger »Fliege, Mucke und Breme« an den Fensterscheiben entlang nach oben, drückte dann plötzlich flink zu und »päppte« sie anschließend an den Fliegenfänger. Bei einer Wespe mißlang es jedoch. »Hot g'engt«, jammerte ich. »G'engt« hatte ich bei Papa gehört. Der Ausdruck bezeichnete nicht eigentlich den Stich, sondern meinte die Geschwulst, weil sie einengte (= Spannung erzeugte). Alle vorhergehenden Mahnungen der Großen hatten nichts genutzt, erst nach dieser schmerzlichen Erfahrung war solcher Zeitvertreib passé.

Bei Papa in der Käserei hielten wir Kinder uns besonders gerne auf. Aber eines konnten wir nicht leiden: Papa putzte uns bei Bedarf unsere Rotznäschen; und sein »Sacktuch« roch immer so aufdringlich nach Käsewasser, denn die Hosentasche hatte trotz der wasserdichten, langen weißen Schürze bei der Arbeit meist etwas abbekommen. Dort in der Käserei durften wir auf einem bestimmten Platz zwischen den beiden großen Kupferkesseln sitzen, in denen Käse gemacht wurde. Dieser Platz bestand aus einem waagrechten Rad, für uns genau in der richtigen Höhe, um in den Kessel sehen zu können. Mit diesem Rad konnte ein Feuerrost bewegt werden, auf dem die zum Erwärmen der Kesselmilch notwendige Glut aus großen Holzscheitern lag. War die genaue Temperatur in einem Kessel erreicht, wurde diese Glut unterhalb des Käsereibodens zum Nebenkessel gefahren. Die Zentrifuge trennte den Rahm von der Milch. Eine bereitgestellte Kanne nahm ihn auf, und die entrahmte Milch plätscherte in die großen Käsekessel. Dann wurde durch Zugabe von Rahm auf einfache Weise der Fettgehalt für die herzustellende Käsesorte bestimmt.

Die Zentrifuge war eine interessante Sache. In ihrem Innern schichteten sich viele Metallteller aufeinander, die an einen Christbaum erinnerten. Dieser Christbaum mußte täglich auseinandergenommen, sauber gespült und nach dem Trocknen wieder zusammengefügt werden, wobei jeder einzelne Teller nur an einer ganz bestimmten Stelle einrastete. Auf einem Stuhl vor dem großen Spülbecken stehend, eine wasserdichte Schürze um, nahmen wir Kinder diese Arbeit ganz gerne in Angriff und waren stolz, wenn wir alles wieder richtig zusammenbekamen. Überhaupt waren uns alle Geräte, die zum Käsen und Buttern gebraucht wurden, so gut bekannt wie unseren Käsern: die flache, große Kelle, Schaufel oder Schapfe (wie soll man so etwas nennen?), mit der die Oberfläche der durch Lab[1] gestockten Milch (eingelabt bleibt die Milch noch immer süß, verändert sich aber in ihrer Beschaffenheit) im Kessel umverteilt wurde, und das große, lange Messer (Schwert), mit dem Vater die Dickmilch in viele Würfelchen zerschnitt, damit das Käsewasser auslaufen konnte. Diese Würfelchen nannten wir wegen ihrer glitschigen Konsistenz »Fischchen«. Mit sauberen Händen durften wir uns ein paar haschen; sie schmecken delikat. Zur Herstellung von Tilsiter brauchte man die »Harfe«, ein Gerät mit vielen feinen, nebeneinandergereihten Drähten. Damit zerteilten die Käser, während die gestockte Milch noch weiter erhitzt wurde, die Masse in zentimetergroße Klümpchen. Die so entstandene Käsemasse wurde (für Weichkäse) auf bereitgestellte, große Tische verteilt, von denen das restliche Käsewasser noch einige Stunden auf den Boden tropfte. Die Masse wurde fester und ließ sich in Portionen schneiden. Die Käser steckten viele kleine Holzbrettchen dazwischen. Um eine gleichmäßige Form zu erhalten, wurden die Stücke im Laufe des Nachmittags zweimal »umgeschlagen«, am nächsten Morgen für einen Tag ins Salzbad gelegt und dann zur Lagerung in den Keller gebracht. Wenn wir Kinder beim Käsumschlagen partout auch mithelfen wollten, wurden die Stücke eben manchmal etwas schief. Die mitarbeitenden Käsergesellen behinderten wir des öfteren bei der Arbeit. Es sei jedoch nie so hektisch gewesen, daß sie nicht auch ihren Spaß an dem munteren Geplapper gehabt hätten, sagte mir später einer.

1 Lab ist ein aus Kälbermägen gewonnenes Ferment zum Gerinnen der Milch.

Unsere Wohnung befand sich im ersten Stock des Hauses über der Käserei. Die »Käsereitür« war am Nachmittag geschlossen, und wir konnten nicht ungehindert aus- und eingehen, weshalb die kleine Hilde regelmäßig einen Seufzer ausstieß: »Oh, wär i no bei Wirts dahoim!« Nachbar Marschall war gemeint, der eine Wirtschaft betrieb, wo die Haustür bis in die Nacht hinein offen blieb und 's Rosele, ihre Freundin, zu jeder Zeit problemlos aus- und eingehen konnte.

Von klein auf waren wir an das morgendliche Geklapper der Milchkannen, das Rollen der Karren, das Laufen der Zentrifuge und Transmissionen und das Poltern des Butterfasses gewohnt. Es war ein Morgenlied, das uns nach und nach wach und munter machte. Dazu kam das Bellen von Hunden und im Winter das Geläute der Pferdeschlitten (inzwischen hatte sich die Zahl der Milchlieferanten verdoppelt). All dieser Krach ums Haus aber störte mich nicht. Er gehörte zum frühen Morgen. Noch durften wir weiterschlafen.

In dem von der Genossenschaft erbauten Haus hatten wir das Kinderschlafzimmer auf der östlichen Giebelseite im ersten Stock. Unser Fenster ging auf das Dach eines darunter liegenden Vorbaus hinaus. Dieses Dach endete etwa zwei Meter über dem Erdboden.

Die Örtlichkeit ist mir noch ganz vertraut. Unter dem Vorbau war der Raum für den »Schotten«, das Käsewasser, und dieser Molkegeruch lag vor unserem Fenster immer ein wenig in der Luft. Das Dach reizte zum Hinaussteigen, was uns streng verboten war. In warmen Sommernächten, wenn es mir im Bett zu heiß wurde, konnte ich nicht widerstehen, nahm kurzerhand mein Kopfkissen und legte mich zum Schlafen vors Fenster. Mama bekam am Morgen große Augen, wenn sie mich auf dem Dach entdeckte: »Um Gott's Wille, Kind, was ischt dr do bloß wieder ei'gfalle! Ka'scht denn it folge, du Herrdansgrott! Wart, i sag's em Papa!« »Es em Papa sage« war für mich schon eine belastende Sache. Dabei sah ich gleich seine großen Hände vor mir, wie er drohend den Zeigefinger hob oder zum vermeintlichen Schlag ausholte. Wirklich einmal auf den Hintern geklopft hat er äußerst selten. Dagegen haben in Mutters Hand die »Flausen«[1] etwas lockerer gesessen.

Die Bauern hatten die Erlaubnis, täglich in ihren 30- oder 50-Liter-Kannen Molke für die Schweinefütterung mit nach Hause zu nehmen. Die Milchkanne hing beim Transport zwischen den beiden hohen Rädern eines Karrens, der an zwei Holmen geschoben wurde. Manche dieser Karren wurde auch von einem Hund gezogen, so daß der Bauer nur zu lenken brauchte. Die Hunde liefen dabei in ledernen Geschirren, die übrige Zeit bewachten sie den Hof. Fünfzig Karren, Kannen und Lieferantennummern einander zuzuordnen, fiel uns deshalb schon leicht, weil wir die Hunde kannten. Die meisten waren gutmütig und ließen sich streicheln. Da war der Leo von Egglers, kamen täglich der Ami mit Schwendingers »Josefle« aus dem Boschental, der große Bernhardiner von Webers in Schafmaier und Weltes weißer Spitz aus Maiertal. Stauchs in Kofeld hatten einen Pfeffer- und Salz-Schnauzer, der uns aber immer ankläffte, wenn wir am Haus vorbei zur Schmiede mußten, und Bauers hatten einen Boxer, der an der Kette war; den fürchteten wir.

Soweit ich zurückdenken kann, hatten wir ein Telefon und waren schon deshalb eine Anlaufstelle für die Bauern. Brauchte einer den Doktor für Haus oder Stall, konnte er in der Käserei telefonieren, in die er sowieso täglich kam. Kleingeld war da nicht nötig. Das Telefongespräch wurde von uns notiert und dem Bauern dafür 10 Pfennig an der Milchrechnung abgezogen. Meist war es ja nur ein Ortsge-

1 Flausen, gewöhnlich = Unarten; bei uns bedeutete es aber einen »Klaps«.

spräch nach Waldburg, denn in dem 3 km entfernten Bodnegg, das nur über die Fernvermittlung zu erreichen war, gab es weder einen Hausarzt noch einen Veterinär. Hinzu kam, daß die Bauern weniger eilige Gespräche lieber persönlich als mit dem ungewohnten Ding führten. Oft hielt einer meinem Vater den Hörer hin und sagte: »Mang, schwätz du fir mi, du ka'scht des besser!«

Das Telefon bestand aus einem an der Wand befestigten Holzkasten mit einer Sprechmuschel wie ein Füllhorn. Links an der Seite hing der Hörer, rechts kurbelte man mit einem eisernen Hebel und sagte dem sich meldenden »Fräulein« in hochdeutsch die gewünschte und die eigene Nummer (wir hatten Waldburg 28). Für jedes »Fern-«gespräch kam am Monatsende ein Abrechnungszettel, auf dem der Zeitpunkt, die Dauer des Gesprächs und der zu entrichtende Betrag vermerkt war. Bei starkem Gewitter mußte man sich vom Telefon fernhalten, weil gar zu gerne der Blitz in die Telefonleitung schlug. Ich erinnere mich, daß zweimal der Apparat durch Blitzschlag von der Wand geflogen ist. Später wurde in einiger Entfernung von der Käserei ein Transformatorenhäuschen gebaut. Von da an schlug der Blitz zu unserer Beruhigung dort ein[1]. Der Elektriker, der dann auftauchte, war ein interessanter Mann: Er sprach hochdeutsch; zudem konnten wir sein Gesicht voller Pockennarben bewundern. Narbe neben Narbe, wie wir nur zwei auf unseren Oberarmen hatten.

Nach einem Qualitätssiegel für Kofelder Käse suchten die Eltern nicht lange. Sie liebten ihre Arbeit und ihr Geschäft,

1 Vom Blitz steht übrigens in Großvaters Lesebuch u. a.: 1. Sobald ein Gewitter entsteht, öffne man entweder eine Thüre oder ein Fenster, damit man nicht Gefahr laufe, in der schwefeligen Luft zu ersticken, wenn der Blitzstrahl durchs Zimmer fahren sollte. 8. Man vermeide jede schnelle Bewegung, als: Laufen, Reiten und Fahren, wegen der Zugluft.

und sie liebten ihre vier Mädchen. Was lag da näher, als ihrem Betrieb die Schutzmarke »Sennerei Viermädel« zu geben? Firmenpapier, Rechnungsformulare und Einwickelpapier für Käse bekamen ein entsprechendes Emblem. Nicht gerade kunstvoll, aber ganz originell, wie sie da alle vier aus dem Fenster blicken! Ob sie heutzutage auch noch genügend werbewirksam wären, die drallen Dirnchen mit Zöpfen und Tirolerhut? (Abb. 14) Es war einfaches, gesalzenes Pergamentpapier mit hochrotem Druck. Die kleinen Dessertkäse wurden vornehmer verpackt: in Stanniolpapier, rot oder blau, je nach Fettgehalt.

1929 war das fünfte Kind zur Welt gekommen – wieder kein Sohn. Und wieder hätte man, als Klein-Lisa ein »lebhafter Fratz« wurde, sagen können: »An ihr ist ein Bub verloren gegangen.« Mit ihren energischen Fäustchen wußte sie sich Geltung zu verschaffen. Wenn Hedwig und ich den kleinen Störenfried im Spielzimmer loshaben wollten, setzten wir ihn kurzerhand auf eine hohe Kiste oder eine der senkrecht stehenden langen Packpapierrollen. Lisa hatte schon bald die Erfahrung gemacht, daß sie sich nicht rühren durfte, ohne samt der Rolle umzufallen. Ihr von oben ertönendes Gezeter störte uns nie, bis Mama auftauchte, eine entsprechende Moralpredigt hielt und uns aufforderte, sofort ein Spiel zu spielen, »wo 's Lisale mitspiele ka!« Am besten war es dann, mit ihr »Zigeuner« zu spielen: Sie wurde heimlich gestohlen, in unser Leiterwägele gesetzt und in Richtung Kofelder Wald entführt.

Dieses Spiel hatten wir erfunden, weil von Zeit zu Zeit irgendein Zigeunerclan in einem runden, von klapprigen Gäulen gezogenen Planwagen vorbeikam. Die dunkelhäutigen Frauen, in lange, weite Röcke gekleidet, und ihre Männer, schwarzhaarig und – unglaublich! – auch sie mit großen goldenen Ringen in den Ohren, konnten wir Kinder nicht genug anstarren. Besonders faszinierte mich ihre fremdklingende Sprache. »Se kommed vo weit her, vo Ungarn!« sagte man mir. Aus den Wagen roch es dumpf und säuerlich, und nur gar zu gerne hätte ich hineingeschaut, traute mich aber dann doch nicht, weil die Erwachsenen warnten: »Die stehled it bloß Henne, au Kinder sind scho verschwunde!« »Aber Kinder hont se doch g'nug!« stellte ich fest. »Sie verkaufed se halt wieder woanders!« warnte mich unsere Magd, die Benedikta. Da mußte ich also schon aufpassen. Ich konnte daher nie erfahren, wie es da drinnen aussah.

Vor der Käserei hielten sie an und wollten handeln. Sie boten Spitzen, Schuhbändel, Hosengummi, Kopftücher, Haarspengle oder auch eine »Amatigeige«. Unter den Zigeunerwagen waren meist schrecklich magere Hunde festgebunden, die sie verkaufen wollten und die so traurig dreinschauten. Da würgte mich jedesmal ein dicker Knödel im Hals: »Papa, du könntest se doch alle abkaufe«, bettelte ich oft weinerlich, »warum tuest du denn des ite?«

Manchmal kamen in ähnlichen Gefährten auch »Hafenleute« angefahren, die ihre Wagen mit Schüsseln und Kochtöpfen bunt behängt hatten. »D' Hafeleit sind rechte Leit!« hieß es, während die Zigeuner keinen guten Ruf hatten.

Zur selben Zeit, 1928 bis 1934, gab es sehr viele Arbeitslose. Ihr »Stempelgeld« war dürftig, und so gingen sie betteln. »An arme Handwerksbursch[1] bittet um a kleine Gab!« war ihr Spruch, den man meist kaum verstehen konnte. Das war nicht nötig, wir wußten auch so, was sie wollten: Essen, Most oder Geld. Wenn um die Mittagszeit die Ladenglocke klingelte, habe ich oft zwei- oder gar dreimal einen Teller Suppe zu einem fremden Mann an die Tür gebracht. Im Gang stehend löffelte er sie leer, murmelte ein »Vergelt's Gott« in den Bart und zog wieder ab. Allerdings

1 Sie hatten aber mit den früheren »echten« Handwerksburschen nichts gemein.

wollten manche nichts anderes als Most. Und wieder andere, meinte Papa, seien nur arbeitsscheu; denn wenn er dem einen oder anderen, der jung und kräftig schien, anbot, gegen gutes Geld und Kost unseren im Sommer neben dem Haus liegenden großen Holzhaufen in Scheiter zu spalten, entfernte sich mancher wieder schnell unter irgendwelchen unverständlich gebrummten Worten.

Ein nahrhaftes Frühstück war bei uns notwendig, weil es erst gegen 8 Uhr früh eingenommen wurde. »Erst« bedeutet, daß die Käser bereits drei Stunden körperliche Arbeit hinter sich hatten. Zum Milchkaffee gab es oft Bratkartoffeln, zur Schlachtzeit mit Leber- und Blutwurst gemischt. Auch die Messingpfanne voll Grieß- oder Schrotmehlbrei fehlte in meiner Kindheit beim Frühstück nicht. Am besten schmeckte dabei der am Pfannenboden angehockte Rest, »d' Bachete«, die wir genüßlich mit dem Löffel bis auf die letzte Spur auskratzten. Mama mußte immer mahnen: »Machet euch an dr Pfann it rußig!« Eine Delikatesse war auch der »Belz« der Milch: Wenn morgens und abends die Kaffeemilch in einem rotemaillierten »Milchhafen mit Schnabel« im Ofenrohr erhitzt wurde, bildete sich obenauf eine gelbbraun gebackene Milchhaut, um die ein heißer Kampf entbrennen konnte. Ich habe nie verstanden, warum später ausgerechnet meine Kinder im Zusammenhang mit Milch stets nach einem Sieb riefen.

Umbau des Hauses

Der Bruder unserer Mutter war Bauer und Maurer. Er hatte den Auftrag, den Umbau unseres Betriebes auszuführen, während nebenher die Produktion täglich weiterlaufen und die Zimmer bewohnbar bleiben mußten. Der neue Lagerkeller war zwei Stockwerke tief geplant. Man arbeitete nur mit

Schaufel, Pickel und Schubkarre. Ein ganzer Berg Erde wurde in Kübeln am Flaschenzug hochgezogen, auf »Truchen« (quadratische Holzkarren, die je etwa zwei Kubikmeter faßten) verladen und weggefahren. Die Fundamente mußten vertieft werden, Wasser floß in Mengen ein und wurde ausgepumpt. An Grundwasser hat es zu dieser Zeit selbst auf der hochgelegenen Ebene von Kofeld nicht gefehlt. Wir besaßen einen Brunnen, aus dem der sehr hohe Wasserbedarf des Betriebes gedeckt werden konnte. Der mächtige, runde Steindeckel des tiefen Schachtes diente uns Kindern als Spieltisch im Freien. Einmal im Jahr wurde er abgenommen, um den Brunnen zu reinigen. Wir sahen unseren Vater dann auf einer langen Leiter nach unten steigen, im Dunkeln verschwinden und ängstigten uns, bis er wieder oben war und uns tröstend übers Haar strich.

Wegen des laufenden Familienzuwachses war auch die Erweiterung der Wohnung notwendig, und so wurde zu gleicher Zeit in die Tiefe gegraben und oben ein Stockwerk aufgesetzt. Der Maurermeister mit Volksschulbildung stellte die notwendigen statischen Berechnungen selbst an.

Mama vertraute ihrem Bruder, sie wußte, daß er »g'scheit g'nueg« war. Aber als gar so viel Hohlraum unter der Wohnung gähnte, meinte sie doch manchmal: »Mein Gott, 's wird au hebe!« Wir Kinder blieben sorglos.

Bei den Maurern gab es für mich tagsüber viel zu sehen und mitzumischen. In großen Wannen mengten die Leute Sand und Zement trocken durcheinander, einer goß Wasser dazu, bis das Ganze langsam zu einem schönen dicken Brei gerann. Drei- oder viermal schaufelten die Männer im Akkord die schwere Mörtelmasse von einer Seite auf die andere, füllten sie in Holzbottiche und zogen sie in kräftigen Rucken mit dem Flaschenzug am Haus hoch. Vorwitzig und gesprächig stand ich mit dabei, denn die Maurerei interessierte mich über alle Maßen. »Dreckele« war sowieso zu dieser Zeit meine

Lieblingsbeschäftigung[1]. Wer kann es mir verdenken, daß ich auch einmal so hochgezogen werden wollte? Es gelang mir, ein paar Lehrlinge zu erweichen: Sie säuberten den Bottich ein bißchen, setzten mich mit einem »bleib ganz ru'ig sitze!« hinein, und – ab ging die Fahrt.

Entsetzt sah Mama eine ihrer Töchter singend am Fenster ihres Büros im 1. Stock vorbei nach oben schweben. »Donner und Doria! Ihr spinned wohl!« rief sie nach unten und hat die zwei »Maurerstift« »ganz gewaltig in Senkel g'stellt«.

Nach Fertigstellung des Kellers bangten die Eltern, ob er den Anforderungen genügen werde. »Wo der erste Käs schee und guet worde ischt, hon i endlich wieder ohne Sorge g'schlofe!« sagte Vater. Allerdings blieben ihm die Sorgen mit dem im tiefen Keller eindringenden Grundwasser nicht erspart. Ein kleiner Schacht wurde gegraben, in dem es sich sammeln konnte. Kniehoch bedeckte oft das Wasser den plattenbelegten Kellerboden. Eine elektrische Pumpe wurde dann eingeschaltet und das Wasser auf Nachbars Wiese transportiert.

Die angestellten Käser und Lehrlinge wohnten im Haus und nahmen an den gemeinsamen Mahlzeiten teil. Zur Zeit des Hausbaus saßen ebenfalls die Handwerker mit am großen Tisch. Wenn sie auch gerne das tägliche Tischgebet vor und nach dem Mittagessen verpaßten, es im Gang an der Türlehne mitmurmelten und über sich ergehen ließen, so kann ich nicht umhin zu gestehen, daß auch ich es kaum erwarten konnte, bis das Amen gesprochen war. Tischgebet mit dem »Engel des Herrn« und einem »extra Vaterunser für unsere Verstor-

1 So habe ich eines Tages – und daran erinnere ich mich peinsam genau – »Hennedreck« eingesammelt und eine Handvoll auf Nachbars hölzernem Gartentisch geknetet, wie ich es bei Mama sah, wenn sie Hefeteig für Fasnetsküchle zubereitete.

benen« war für mich zu viel nach jedem Essen. Aber so hatten es die Eltern von den Großeltern übernommen, sie glaubten an den Segen des Gebets und wollten diese Überzeugung an ihre Kinder weitergeben.

Der Sonntagsgottesdienst durfte von uns Kindern nie versäumt werden. Hübsch im Sonntagskleid mit Hut, Sonntagsstrümpf, Sonntagsschuh und Sonntagstäschchen angetan, mit einem Gebetbuch und dem Rosenkränzchen im silbernen Etui, gingen wir brav dahin, gewiß nicht immer gerne, aber folgsam. In der Kirche durfte nicht »geschwätzt« werden, kein Wort. Man kniete, außer während der Predigt, eine Stunde lang auf harten Holzbänken, getraute sich nicht, aufzustehen, geschweige denn, sich hinzusetzen, sonst wäre man gefragt worden, ob man nicht gesund sei: »Endlose Hochämter mit ihrem leeren Prunk, bei denen eine kleine gequälte Seele nichts mit Gott zu teilen vermochte, als die Langeweile!« (Georges Bernanos)

Ich hatte zum Glück meine Heiligenbildchen dabei – mindestens 20 Fleißbildchen, süßlich, lieb und kitschig. Die Messe war in lateinischer Sprache, ich verstand nichts, aber bald kannte ich den lateinischen Meßtext auswendig, weil Pfarrer Hildebrand ihn immer laut vor sich hin rezitierte. Eines Sonntags glänzte die Sonne im Messingverschluß meines Täschchen und ich vertrieb mir die Zeit damit, diesen Lichtspiegel auf dem Rücken des goldgewirkten Meßgewands vom Herrn Pfarrer auf und ab tanzen zu lassen. Aufgeschreckt durch den drohenden Zeigefinger von Kaplan Schmid stellte ich mein Spiel ein. Mutter war auf der Empore so empört über eine Tochter, die wieder mal ihr warnendes Husten nicht vernommen hatte, daß ich am nachfolgenden Sonntag zu Hause in einer kleinen Dachkammer darüber nachdenken sollte, wie ich mich in der Kirche zu benehmen hätte. Mit einem Gebetbüchlein saß ich im Abstellraum und heulte über meine Schlechtigkeit – oder vor Wut.

Unser neues Geschäftsgebäude bekam zu guter Letzt noch eine Veranda (Abb. 15), die sich unser Vater »für den schönen Sonntagnachmittag« schon immer gewünscht hatte. Klein-Lisas Kommentar zur Veranda war: »Au jo, do ka i von obe seh', wenn d' Kinderlähmung vorbeigoht!« Die Kinderlähmung grassierte zu der Zeit eben in der Stadt, und die Großen hofften, sie werde Kofeld verschonen: »Hoffentlich goht se vorbei!«

Den Ausdruck »schöner Sonntagnachmittag« gebrauchte Vater immer in hochdeutsch und mit besonderer Betonung, denn dieser Nachmittag war die einzige freie Zeit für seine persönlichen Bedürfnisse, er war zum Ausruhen da. Vom Urlaub redete keiner. Urlaub gab es zwar irgendwo in den Städten, bei den Arbeitern, in den Fabriken, aber nicht auf dem Lande bei den Bauern, in den Käsereien. Ich hatte nie das Gefühl, daß er besonders vermißt wurde. Sicher fühlten sich die Menschen am Abend müde, aber nicht »gestreßt«, auch nicht nach monatelang fortwährender Arbeit. Es war ein gesundes Müdesein. Papa und unsere Käser arbeiteten sechseinhalb Tage in der Woche, täglich zwölf Stunden. Es war eben so. Und sie arbeiteten nicht lustlos. Ernstlich krank war nie einer. Auch bei den Bauern der Umgebung herrschte der gleiche Rhythmus, sie erholten sich am Sonntagnachmittag ein bißchen, besuchten Verwandte oder Freunde oder vergnügten sich in einer Nachbargemeinde.

Die Bäuerin, die mir einmal sagte: »Wenn ma net jedes Johr ins Wochebett käm, hätt ma gar koin Urlaub!« wollte nicht klagen, sondern meinte das eher spaßhaft. Es galt auf dem Lande fast als unmoralisch, sich mehr Freizeit zu gönnen. Als etwas Lasterhaftes betrachtete man auch das erste Lichtspieltheater in Ravensburg. Das Wort Kino hatte für das Landvolk zuerst den Geruch von Sittenlosigkeit und Obszönität an sich. Nur ein paar junge Burschen gingen heimlich hin.

Hundegeschichten, Krankheiten, Spiele und Automobile

Als ich fünf bis acht Jahre alt war, kannte ich nur wenige Autos. Außer an unser eigenes erinnere ich mich noch an einen Kieslastwagen aus Waldburg. »Bassed jo uf, wenn Riedessers Lastauto kommt!« rief uns immer einer nach, wenn wir uns zum Spielen nach draußen begaben, »des fahrt so saumäßig daher!« Es hatte auch bereits unsern Hund, den etwas klein und doof geratenen Beddi, totgefahren. Trotz (oder wegen) seiner Doofheit war Beddi unser Liebling gewesen. Er war weiß und wollig und hatte unter seinem Fell versteckt – einen Kropf. Dieser Kropf war vielleicht der Grund, weshalb sein Hundecharakter ein bißchen anders als üblich geraten war: Hatte er sich genug im Freien aufgehalten und wollte wieder ins Haus, dann bellte er nicht etwa oder kratzte auffordernd an der Tür wie andere Hunde, sondern er drehte sich im Kreis auf seinem Hintern und heulte wie eine Sirene herzerweichend zum Himmel, bis er geholt wurde.

Als kleines »Bummerle« sollte er, dem Saugen entwöhnt, selbständiges Fressen anfangen. Er saß vor seiner Milchschüssel, schaute uns treuherzig an und wußte nicht wie. Wir Kinder konnten diesen bittend-hungrigen Blick nicht ertragen und versuchten, ihm das in Milch oder gesüßtem Malzkaffee eingeweichte Brot ins Mäulchen zu schieben. Das klappte. Die Folge war, daß er neben seiner vollen Schüssel darauf wartete, bis ihm die Brocken ins Maul geschoben wurden. Die Proteste der Erwachsenen halfen nichts. So kam es, daß unser Beddi drei Jahre lang, bis ihn der erwähnte Lastwagen überfuhr, seine Nahrung nicht aus dem Napf, sondern nur aus den Kinderhänden annahm! Kein Wunder, daß die Eltern nicht sonderlich um das Ableben unseres Lieblings trauerten. Wir Kleinen aber waren untröstlich, und Papa mußte ihn präparieren und ausstopfen lassen, wie wir es von Vögeln kannten, die damals manche Bauernstube zierten. So mumifiziert, saß er noch einige Zeit auf einem Brett im Wohnzimmer, aber unsere Zuneigung ließ merklich nach; seine Schnauze war zu trocken und seine Glasaugen leer. Eines Tages erklärten wir uns damit einverstanden, daß Mama ihn auf die Bühne stellte.

Unser Rauhhaardackel, den wir 15 Jahre später hatten, kam nicht unter ein Auto, aber doch zu früh ums Leben. Papa liebte den struppigen Kerl. Wenn die treuen Dackelaugen fragend zu ihm hochblickten, ob vielleicht nicht jetzt im Moment ein Spaziergang »drin« wäre, strich er dem »Mohrle« über seine seidenweichen Schlappohren und tröstete: »Hoscht halt au Sorge, gell!« Denn mit dem Spazierengehen war das so eine Sache: Dem Mohrle lag zum Leidwesen eines Jägers der Umgebung die Jagdleidenschaft im Blut. Weil er »sein Wild verjagte«, konnten wir Mohrle nicht mehr aus dem Haus lassen. Die Leine aber würgte ihn am Hals, weil er ungestüm vorwärts zog, und das wollten wir ihm nicht antun. Schweren Herzens gaben wir den kleinen Burschen einem im 40 km entfernten Hergatz wohnenden Forstmann, der ihn zur Jagd anlernen wollte. Mohrle sehnte sich nach uns und lief weg, geradewegs in Richtung Kofeld. Sein Weg führte ihn durch die Stadt Wangen, die ihn ganz und gar durcheinander brachte und aus der er nicht mehr herausfand. Durstig, hungrig und total erschöpft, konnte er nach einer Woche nicht mehr weiter und legte sich in den nächstbesten Hauseingang, kaum fähig, sich noch zu rühren. Kinder fanden ihn, päppelten ihn (mit Butterkeksen) wieder hoch, und er blieb bei einer Familie in Wangen. Der Förster hatte uns zwar benachrichtigt, daß Mohrle weggelaufen sei, aber wo sollten wir ihn suchen? Jahre später wollte Vater in Wangen einen neuen Kunden aufsuchen, stellte sein Auto in der Stadtmitte ab und fragte einen Fußgänger nach der Adresse. Im selben Augenblick begann oben im Haus, vor dem er gerade stand, ein überlautes Hundejauchzen. »Des kann doch bloß sei frühers Herrle sei!« kombinierte die Familie und öffnete dem Hund die Türe. Die Wiedersehensfreude war bei Hund und Herr rührend anzusehen. Mohrle durfte wieder mit nach Kofeld, aber der Jäger hat ihn eines Tages erschossen.

Das dritte mir damals bekannte Auto war das des Doktors aus Waldburg, ein kleiner roter Zweisitzer mit Speichenrädern und Klappdach. Der Doktor kam bei ernsten Erkrankungen, bei »Rotsucht« oder »Gelbsucht« oder wegen meiner »Bläschensucht«, die nicht mehr abheilen wollte. Der ganze Mundraum einschließlich der Zunge war voll schmerzender Pusteln; heute denke ich, daß ich mich in einem Kuhstall infiziert hatte, in dem zu dieser Zeit die Maul- und Klauenseuche herrschte. An einen Fiebertraum erinnere ich mich genau: Ein runzeliges Hexengesicht wackelte in einem Bild an der Wand mit dem Kopf hin und her und stieß kurze, zweisilbige Laute (im Rhythmus meines schnellen Pulsschlages) aus. Zwei große Schneidezähne hingen über die Unterlippe. Warum ihr Aussehen der alten Frau unseres Schuhmachers glich, die hinter dem Kofelder Wald im Maiental wohnte und die immer lieb und gut zu uns Kindern war, wenn wir die Schuhe zum Flicken brachten, weiß ich nun wirklich nicht. Als Kind läßt man sich von Äußerlichkeiten beeindrucken.

Bei »leichteren« Erkrankungen kam die Krankenschwester[1] die drei Kilometer von Bodnegg zu Fuß herbei und gab Ratschläge für die Behandlung bei Keuchhusten, Hals- oder Ohrenweh und beim »Wochendippel« (Mumps). Wenn eines von uns Kindern Fieber hatte, durfte es sich immer Limonade

1 Die zu dieser Zeit in Bodnegg stationierte Krankenschwester war Schwester Cortilia. Buchstäblich Tausende von Kilometern legte sie in jenen Jahren zu Fuß zurück, um zu ihren Kranken zu gelangen. Nicht einmal ein Fahrrad stand ihr zur Verfügung. Bis 1946 hat sie die Kranken versorgt. Mit 81 Jahren erhielt sie das Bundesverdienstkreuz.

wünschen, wie sie beim Wirt nebenan zu haben war. Sonst löschten wir unseren Durst mit Wasser.

Noch ein Auto, das des Bäckers aus Krumbach (Kreis Tettnang), war uns vertraut. Der Bäcker hausierte mit Brot und tutete einmal in der Woche vor der Käserei. Seine »Brezga, Seela und Schildwecka« kosteten 4 Pfennig. Zum Bezahlen gab es 4-Pfennig-Kupferstücke. Die Butter für die Brezeln holten wir uns vom Buttertisch der Käserei. Meine Eltern hausierten nicht, fuhren aber mit unserem Opel zum Ravensburger Wochenmarkt und belieferten regelmäßig auf Bestellung Privathaushalte in Wangen und Ravensburg. Aus der Stadt brachten sie den Bauern all das mit, was ihnen gerade fehlte: Futtermehl, Körbe, Viehsalz, Kälberstrickle und am Samstag dem Wirt immer auch die Brezeln für die sonntäglichen Wirtshausbesucher; auch altbacken waren sie gut und etwas Besonderes.

Um der großen Nachfrage nach Allgäuer Butter genügen zu können, kaufte unser Vater in den umliegenden Käsereien Butter in großen Ballen auf, verpackte sie in Halbpfund- und Pfundstücke (= auspfunden) und verschickte sie (im Sommer in Kühlwaggons) an Privatfamilien bis ins Rheinland und nach Westfalen. Die Einführung der Lebensmittelkarten im Zweiten Weltkrieg bereitete diesem einträglichen Geschäft ein Ende.

Zum »Auspfunden« der Butter wurden in den Schulferien die Töchter herangezogen. Ich war zu dieser Zeit zwischen sechs und zehn Jahre alt. Das Ganze ging folgendermaßen vor sich: Am Buttertisch knetete Papa die Buttermilch aus dem Butterballen möglichst rasch und mit möglichst kalten Händen, die er deswegen immer wieder in den Kaltwassertrog tauchte. Dann ist es soweit: Das Töchterchen steht – auf einer kleinen Kiste – am Tisch bereit. Vor ihm liegt ein Stoß des Einwickelpapiers aus Pergament. Papa drückt einen Klumpen Butter in einen nassen Holzmodel, in den genau ein halbes Pfund der Buttermasse paßt, streicht sie mit einer Spachtel glatt, klopft, damit sich die Butter vom Model löst, auf dem Tisch hin und her und stürzt das Stück Butter genau auf den Vordruck im Papier. Das Töchterchen muß die weiche Butter einschlagen, sie dabei aber ja nicht zerdrücken, und dann sauber und akkurat auf ein langes Brett stellen, auf dem die kleinen Päckchen nach kurzer Lagerung im kühlen Keller so fest werden, daß sie auch seitlich vollends zugepackt werden können.

Im Auspfunden bekamen wir durch die viele Übung eine solche Fertigkeit, daß es rhythmisch und schnell, beinahe wie am Fließband ablief. Die von uns Kindern erwartete Hilfeleistung war gewiß keine schwere Arbeit, sie dauerte auch nie länger als eine halbe Stunde; trotzdem war ich immer erleichtert, wenn ich morgens beim Aufwachen bereits die bekannten Töne und das Klopfen des Buttermodels hörte, denn das bedeutete, daß bereits ein anderes Familienmitglied am Buttertisch stand.

Zum Butterholen in die umliegenden Käsereien[1] durften wir Kinder, wann immer wir Lust hatten – und daran mangelte es selten – mitfahren. Unser Auto war gerade nicht auf Bequemlichkeit eingerichtet und auch technisch nicht auf dem höchsten Stand: Das Verdeck war, falls es nicht regnete oder schneite, zurückgeklappt, es zog also entsprechend; Handbremse und Ganghebel, zwei lange, unhandliche Gestänge, befanden sich außerhalb der Karosserie, Fahrersitz und Lenkrad waren auf der rechten Seite. Zum Hupen drückte der Fahrer auf einen in Augenhöhe angebrachten Gummiballon. Der Anlasser bestand aus einer Kurbel vorne

1 Die meisten dieser Käsereien haben später eine nach der anderen ihre Produktion eingestellt. Zum Teil fungierten sie noch eine Zeitlang als Milchsammelstellen für die Großbetriebe in Ravensburg und Wangen.

am Kühler. Am Armaturenbrett war zwar auch ein Knopf dafür, nur funktionierte er meist nicht. Wenn mein Vater mit der Kurbel hantierte, jagte mir das jedesmal ein ungutes Gefühl ein, weil sie sehr schnell abgezogen werden mußte, sobald der Motor ansprang, sonst drehte sie sich bedrohlich mit und es bestand die Gefahr, daß Vater sich verletzte. Oft wollte der Motor überhaupt nicht anspringen, ohne daß warmes Wasser in den Kühler gegossen wurde. Einen widerlichen Gestank verbreiteten die Karbidscheinwerfer, wenn sie in Aktion treten mußten. Wollte das Auto seine Last nicht so ohne weiteres einen Berg hochziehen, beugte sich Papa weit nach vorne übers Lenkrad und sagte leise »hüe«, wie zu einem Gaul, dem Wunsch Ausdruck verleihend, der Motor möge es schaffen, ohne in den niedrigeren Gang geschaltet zu werden. »Die Gäng sind a weng oige«, sagte er und meinte damit, daß Schaltung und Getriebe eben ihre Tücken hätten.

Es war überhaupt kein Problem, die Freizeit ohne Fernsehen, Musikkassetten und Hallenbäder zu verbringen: Bei jeder erträglichen Witterung waren wir draußen im Freien, oft bei Regenwetter, barfuß und mit einem »Rupfensäckle« über Kopf und Schultern. Obwohl die Straße direkt an unserem Haus vorbeiführte, lauerten keine Gefahren. Pferdefuhrwerke sahen wir von weitem kommen, Radfahrer wichen uns aus, und die wenigen Autos holperten, oft noch auf Vollgummireifen, auf der ungeteerten Fahrbahn daher. Wir konnten mit dem Absatz Löcher für ein »Kugelespiel« in die Straße bohren, spielten »Sieben Leberle« (ein Ballspiel), warfen den Ball gegen die Hauswand und keiner rief: »Laßt das, es ist zu gefährlich!« oder »macht die Wand nicht schmutzig!« Viel Spaß bereitete es auch, uns gegenseitig den Ball über das Dach von »Wirts Schopf« zuzuwerfen, auf dem, weil Backofen und Waschküche sich im Gebäude befanden, ein Kamin stand. Blieb der Ball hinter dem Kamin hängen, schien es uns nicht gefährlich, das Dach bis zum First zu besteigen. Barfuß fühlten wir uns so sicher wie Affen. Entlang der Straße wurden Wetten im »Reifeln« ausgetragen. Anstelle der ausgedienten, eiernden Blechreifen von alten Mostfässern und den Haselnußstöcken ließ uns Vater zu Ostern beim Schmied in Dürre eigens schmale, feste Eisenreifen mit Haken zum Anschieben anfertigen. Die Freude war groß: sie liefen viel leichter und schneller. Ein andermal bastelte uns einer unserer Käser Stelzen, und bald war es eine Lust, auf ihnen herumstockelnd Fange zu spielen. Auf den Stelzen ging es fast so gut wie barfuß.

Am Sonntagnachmittag spazierten wir manchmal ins Boschental zu Schwendingers. Boschental liegt da, wo Fuchs und Has sich gute Nacht sagen. »Der alte Schwendinger ischt en g'scheite Ma«, sagte Papa und unterhielt sich gerne mit ihm, während wir die vier Pfauen durch die Gegend jagten, damit sie ein paar ihrer langen, bunten Federn verloren. Die Marie, seine Frau, kredenzte uns »an Hungg«, frischgeschleuderten Honig, mit Wabenresten drin – mit Waben schmeckte er am besten.

Räuber und Polizist sah ich die Nachbarsbuben nie spielen, auch »Indianer« nicht. »Indianer? Wie goht des?« hätten wir gefragt. Karl May las keiner. Überhaupt war das mit den Büchern so eine Sache: Bücherlesen galt, außer zum Lernen, fast als Müßiggang. Aber ich hatte damals sowieso kein großes Bedürfnis, »erfundene G'schichte« zu lesen; mir war dies nicht interessant genug. Nur wenn ich krank im Bett lag, las ich Märchen.

Ein Geschicklichkeitsspiel, das uns eine Zeitlang hell begeisterte, war das freie Gehen auf den Hagstangen. Die Zäune für das weidende Vieh bestanden über lange Strecken aus Holzstangen. Ein anfangs zu Hilfe genommenes »Kicherestiegle«[1] war bald überflüssig, denn die kleinen Füße und

1 Bohnenstange

Zehen hatten schnell heraus, wie sie sich krümmen mußten, um Halt zu finden. »Heidenei«, staunten die Großen, »wia die kleine Fratze des bloß kenned!« Mit nackten Füßen fühlten wir uns unbeschwert, obwohl gar oft eine aufgeschlagene Zehe verbunden werden mußte, wenn einer »g'stockelet« war.

Apropos Barfußgehen, dafür galt die Regel: nur in den Monaten »ohne R«, also von Mai bis August. Aber im Frühjahr haben wir der Mama oft hartnäckig zusätzliche Tage abgenötigt. Dagegen erlaubte sie uns auf Anhieb, mit nackten Füßen in frischgefallenem Schnee herumzutoben.

Denk' ich ans Barfußlaufen, kommt mir das Bild vom alten »Briechles-Vatter« vor Augen, der uns gegenüber hauste. Ich erinnere mich nicht, ihn jemals mit Schuhen an den Füßen gesehen zu haben, nicht einmal im Winter. Sein Weg vom Haus zum Stall war nur fünf Schritte lang. Weitere Strecken machte er im Winter nicht. Der Farbe seiner Füße nach hielt er es auch für überflüssig, sie zu waschen – wozu auch? Am andern Tag werden im Stall wieder von neuem die »Kuapfledder« wohlig durch seine Zehen quellen. Wenn mein Kindernäschen in die Nähe seiner Füße kam, stellte ich immer wieder von neuem fest: »Briechlesvatter, deine Füeß schmegged[2] aber it nach Füeß!« Noch etwas fiel bei ihm auf: Seine kleinen Zehen waren von zu engem Schuhwerk früherer Jahre über die zweitäußersten gedrückt. »Sie mached halt reitereite!« erklärte er uns dieses Malheur.

Mit fünf Jahren lernte ich das Fahrradfahren. Kleine, kindergerechte Räder gab es nicht. Ich mußte diese Kunst mit einem großen Herrenrad versuchen, von dem ich aber wegen der Querstange nicht rechtzeitig hätte abspringen können. Also machte ich Vorübungen. Das Fahrrad zu meiner rechten Seite, stellte ich den rechten Fuß auf das Pedal und brachte das

2 schwäbisch: schmecken = riechen.

Rad, indem ich mich mit dem linken Fuß vom Boden abstieß, in Bewegung. Das ging nach kurzer Zeit perfekt, besonders abwärts. Aber als ich eines Tages mit dem linken Bein – ich war wie immer barfuß – zu schwungvoll ausholte, geriet die große Zehe in die Vorderradspeichen. Die Zehe war tief eingerissen, wuchs aber ohne Doktor wieder an. Das Blut stillte ich mit einem Packen in der Garage herumliegender, ölverschmierter Putzwolle, bevor mir meine Schwester Rese die schwerwunde Zehe verband. Trotz anfänglicher Schmerzen konnte ich nicht jammern und Mitleid heischen, weil mir das Fahrradfahren verboten war.

Papa hat daraufhin eigens für mich ein altes Damenrad erstanden. Damit ich nicht »gigampfen« mußte, brachte der Schmied nach Vaters fachmännischer Anweisung eine Vorrichtung an, woran der Sattel so niedrig befestigt wurde, daß ich die Pedale mit meinen kurzen Beinen erreichen konnte. Allerdings sah ich dabei nur knapp über die Lenkstange.

Zog eine Schafherde am Haus vorbei, rief Mama: »Schnell, nimm jeder a Kiebele und a alte Kautabakzang aus em Lade und sammled mr d' Schafsböllele ei. D' Blume auf der Veranda blühed so schee damit!« Klar, daß ich die Zange nur anfangs benutzte, dann war mir das zu lästig: »I nemm d' Händ, des isch viel praktischer!«

Vor der Gastwirtschaft gegenüber unserer Käserei standen fast immer, angebunden an einem starken Querbalken, einige Pferde, die auf ihre durstigen Herren oft stundenlang warten mußten. Unruhig scharrten sie mit ihren Hufen den Boden auf. Manchen war der Futtertrog umgehängt. Zum Saufen hielten ihnen der Wirt oder seine Buben einen Eimer Wasser vors Maul. Manchmal hatte ich Mitleid, wenn sie lange warten mußten, und reichte ihnen mit der flachen Hand Zuckerstückchen hoch. Ich beobachtete, wie sie im Stehen schliefen; ein Bein war dann hochgezogen und eingeknickt und berührte nur mit der Hufkante noch leicht den Boden.

Mit »Wirts Batist«, dem Nachbarjungen – er war ein Jahr älter als ich – verband mich vor der Schulzeit eine besondere Freundschaft. Einmal ließ es sich nach einem verbotenen Spiel mit den kleinen Gänschen nicht verheimlichen, daß es nur noch elf statt zwölf waren. »Ihr Sapperlotter!« schimpfte laut sein dicker Papa, »i hon eich doch g'seit, daß ihr's it a'lange dürfed!«, steckte seinen Baptist in den dunklen Keller und schickte mich heim. Weil ich wußte, daß er im Keller Angst hatte, kletterte ich von außen durchs Fenster und blieb bei ihm, so lange auch der Arrest dauerte; rachsüchtig tranken wir eine Flasche rote Limonade leer und weinten unseren Schmerz gemeinsam gegen die dunklen Kellerwände. Ganz schlecht behandelt hatten sie uns, die Großen, und absolut unschuldig bestraft: Das kleine »Gusserle« saß doch immerzu in einer Ecke und wollte nichts von unserem Löwenzahn fressen wie die andern. »Vielleicht hot's Fieber?« hatte Baptist gemeint. Und dann, als wir's gerade untersuchen wollten, tat es plötzlich keinen Muckser mehr. Bloß geglaubt hat uns das keiner.

Vor dem Gasthaus in Dürrnast, einen Kilometer von unserem Haus entfernt, stand eine mächtige Einzeltanne, deren Äste bis zum Boden reichten. In den oberen Zweigen konnte man toll »gautschen«, und von unserem luftigen Sitz jubelten wir unserem Papa eines Sonntags zu, als er eben nichtsahnend vom Milchzahlen aus der Wirtschaft kam. Seine Freude war aber gar nicht groß: »Des ischt doch die Höhe! Gang mr bloß kois me bis do nuf! Hont ihr denn gar koin Verstand!«

Böse konnte Vater auch über Ungezogenheiten werden. So ist mir ein Denkzettel noch deutlich in Erinnerung: Ich hatte mit meinen Bauklötzen am Boden eine meiner Ansicht nach wunderbare Burg gebaut, und mein gerade am Schreibtisch über einer wichtigen Arbeit sitzender Papa sollte sie »jetzt glei« bestaunen. Er war aber so in seine Arbeit vertieft, daß er meine wiederholten Aufforderungen nicht beachtete. Er hörte sie erst, als ich wörtlich sagte: »Jetzt lueg doch endlich amol her, du Kalb!« Da aber stand er mit einem Ruck neben mir, jedoch nicht, um die Burg zu bestaunen. Für das »u'flätige Wort« versohlte er mir mit seiner großen Hand den Popo, und diese Hiebe waren »nicht von schlechten Eltern«. Trotzdem hatte ich schnell wieder Oberhand. Denn während mich Papa schwungvoll übers Knie gelegt hatte, hatte ich meine Nase an den Kachelofen geschlagen, so daß sie blutete (was sie sowieso oft tat). Als Papa Blut rinnen sah, hörte er augenblicklich auf und war ganz geknickt. Mama kam aus der Küche, schaute ihn ganz groß und fragend an, und schon wurde mein Blut gestillt und mein Kopf mit der großen Hand wieder gestreichelt: »Tuet's no weh?«

Kein Verständnis zeigte unsere Mutter bei den geringsten Eigentumsdelikten ihrer Kleinen: Von Nachbars Buben hatte jeder ein kleines, rundes, im Grunde völlig wertloses Pfeifchen. Damit konnte man, ließ man es völlig im Mund verschwinden, pfeifen und Töne erzeugen, die sich wie Bauchreden bzw. »Bauchpfeifen« anhörten. Ich hatte keine Pfeife bekommen, weil Mutter Angst hatte, daß ich sie verschlucke. Da lag so ein begehrtes Ding eines Tages bei Wirts auf dem Tisch herum, und ich ließ es »mitlaufen«. Mama ordnete an, daß ich das Ding auf der Stelle den Wirtsbuben wieder zurückgeben solle. Weil ich mich weigerte, nahm sie mich bei der Hand, brachte Tochter und Pfeifchen hinüber ins Nachbarhaus, ich mußte gestehen und einen Satz der Entschuldigung sagen, obwohl alle dort am Tisch sitzenden Leute meinten: »Och, wege dem alte Gruscht, des ischt doch gar it derwert!« Ich schämte mich so, daß ich mich noch heute an alle Anwesenden – man saß gerade beim Mittagessen – und an Einzelheiten der Wirtsstube erinnere: Dort am Schanktisch hing an einer langen Holzborde Papas bunter Krug mit Zinndeckel, in dem er sich bei Wirtshausbesuchen sein Bier bringen ließ. Mir war, als sähe auch Papa meine Schande.

Zerrissene Kleider, schmutzige Hände, aufgeschlagene Zehen und aufgeschürfte Knie waren an der Tagesordnung; und wenn es dabei blieb, hielt sich keiner darüber auf. In Müllers Garten, gegenüber unserem Haus, war außer unserer »Gautsche« eines Tages plötzlich auch ein schönes, langes Brett an einen Baum gelehnt, das wir sofort als Rutschbahn benutzten. Es war – so meinten wir – glatt und eben und man könne nur so runterflitzen. Lange dauerte der Spaß nicht, bis man den Doktor rufen mußte, weil sich ein ganz langer Holzspreißel tief in »Hedwigs Bobbesle« gespießt hatte. Am selben Tag noch riß das Seil der Schaukel, als ich gerade so hoch gekommen war, daß meine Fußspitzen die Äste des hohen Birnbaumes streiften. Durch das Abschleifen am Seil brannten die Innenflächen der Hände schrecklich. In der Käserei schwenkte ich ganz instinktiv die schmerzenden Handflächen lange in dem immer mit kaltem Wasser gefüllten Brunnentrog; es heilte sehr schnell ab.

Nicht so schnell hat Mama das kleine Ereignis vergessen, als die Eltern, was nicht oft vorkam, »zur Fasnet« in die benachbarte Gastwirtschaft gegangen waren: In der Nacht wachte ich auf durch Lärm und Musik, hatte Angst und wollte zu den Eltern »ins Gräble«. Aber welche Enttäuschung, sie waren nicht im Bett! Sofort weckte ich meine kleinen Schwesterchen und überredete sie, die beiden zu suchen. »O jemine, Mine, lueg bloß amol in de Gang!« stöhnte Papa, als er uns, barfuß und nur in Hemdchen, zu mitternächtlicher Stunde im winterkalten, zugigen Gang der Wirtschaft ankommen sah, denn Anziehen hatten wir nicht für nötig gehalten! Mama genierte sich vor den vielen Leuten, weil die vielleicht dächten, sie erziehe uns schlecht. »Was do wohl d' Leit saget!?« war überhaupt ein Gedanke, der gang und gäbe war.

Ja, Mang und Mina hatten schon ihre Sorgen mit den fünf Gören, obwohl sie nicht einmal alles wußten.

Der Knecht eines Bauern in der Nachbarschaft nahm mich eines Tages mit auf den Heustock, weil es dort junge Kätzchen gäbe. Warum fand er bloß das Katzennest nicht mehr? Ich war sehr enttäuscht. Da versuchte er plötzlich, mir etwas ganz anderes zu zeigen. Doch interessierte mich »des, was ma hot« nicht sonderlich, weil ich es schon bei kleinen Jungen, wenn sie pinkelten, gesehen hatte. Wie die kleinen Jungen das machten, war interessant gewesen. Aber als der große Mann seinen Hosenladen öffnete, fühlte ich mich beklommen und lief weg. Der Mutter erzählte ich nichts davon. Ich wußte, sie würde mich ausschimpfen. »Bobbo-lange tuet mr ite!« hatte uns die Mama beigebracht, worin sich eigentlich auch die ganze sexuelle Aufklärung erschöpfte.

»Glaubscht, i ka in eierm Lade so a Fünf-Pfennig-Schokoladmännle vorne vom Disch wegnemme, ohne daß des dei Mama merkt?« sagte eines Tages ein kleiner Bub zu mir. »I wett, du kascht des ite!« »Wenn's deiner Mutter it sagscht, kascht's jo sea!« Also stand ich mit im Laden und schaute zu. Es war ganz einfach: Er kaufte ein Pfund Soda, das aus der hintersten unteren Schublade in eine Tüte gefüllt werden mußte. Und während meine Mutter ihm den Rücken zudrehte, griff er nach der Schokolade. Mußte ich ihn verraten oder war es gemein, meiner Mama nichts zu sagen? Darüber wurde ich mir nicht klar. Schließlich habe ich mühsam die Sodaschublade mit einer der vorderen Schubladen ausgetauscht, in der bunte Zopfbänder, Hosengummi und Nähfaden lagen; die brauchte man nicht so oft. Mama wunderte sich zwar bald sehr darüber, denn auch die Schokoladenschachtel stand plötzlich weit hinten. »In unserem Lade ebbes stehle, des gibts fei ite«, entschied ich, »wo i selber it amol a gotzigs[1] Zickerle ohne z'froge nemme derf!«

Spielzeug

Spielzeug hatten wir in der Kleinkindzeit wenig: farbige, hölzerne Bauklötzchen (in der unteren Kassenschrankschublade), ein Pumpbrünnele, einen lilafarbenen Korbpuppenwagen. Aber jede von uns hatte eine Puppe mit Zöpfen. Mit den Jahren – weil wir dann und wann eine neuere, hübschere geschenkt bekamen – wurden es immer mehr. Im Alter zwischen 12 und 14 Jahren spielten wir noch mit den Puppen. In einem Zimmer des oberen Stocks bauten wir aus großen Butterkisten hohe Puppenhäuser. Die Möblierung fertigten wir aus kleinen Verpackungsschachteln und dekorierten alles schön mit Stoffresten aus Mutters »Blätzschublad«. Als Sonntagsbraten kam eine große braune Kastanie auf den Tisch. Väter brauchten wir beim Spiel nicht, die ließen wir, wenn es nötig war, mal in tiefem Baß mitsprechen, meist aber bewältigten wir Mütter alle Anforderungen alleine. Unermüdlich wurden ganze Tagesabläufe durchgespielt, die Kinder zur Schule, zur Kirche und zur Beichte geschickt, mit ihnen gesprochen, die Antworten der Puppenkinder immer eine Tonlage höher als die der Mutter.

War einmal durch vieles An- und Ausziehen einer Puppe ein Arm abgegangen oder ein Auge locker, so wurde sie nie weggelegt – man kann doch ein Kind nicht einfach wegtun und ein neues kaufen! – sondern repariert, notfalls in der eigenen Puppenklinik. – Unser Spielzimmer begutachteten auch die einen oder anderen Gäste unserer Familie. Bei einer solchen Gelegenheit habe ich – bereits 14 Jahre alt – gehört, wie jemand mit halbem Blick auf mich meiner Mutter zuflü-

1 Ein einziges Bonbon.

sterte: »Solang se mit Puppe spieled, hont se no nix anders im Sinn!«

Meine beiden älteren Schwestern waren im Alter zwischen 13 und 15 Jahren schon mit anderen Dingen beschäftigt: Bügeln, flicken, Strümpfe stopfen, Socken stricken. Hilde war viel mit dem Staublappen unterwegs. Sie liebte es, wenn es überall sehr ordentlich aussah. Als sie nach ihrer Heirat ihrem Haushalt, fünf Kindern und einem Lebensmittelladen im eigenen Bäckereibetrieb vorstand, räumte sie eines Abends auch noch ihr Nähkästchen ordentlich ein, was ihren Mann Otto zu dem Ausspruch veranlaßte: »Laß doch; hoscht au scho amol a aufg'räumts Fadezirnle g'sea!«

Unser Haushalt war ohne eine Magd – Hedwig, Benedikta, Rese, Thekla, Anna und wie sie alle hießen – nicht denkbar. Frech und ungezogen sein mit einem Dienstmädchen, das gab es nicht. Da war Mutter sehr streng. Hedwig und auch Anna besuchten uns noch, als sie schon alte Damen waren.

Während die Magd morgens das Frühstück bereitete, hat Mama unsere langen Zöpfe geflochten, bis wir es etwa von dem achten Lebensjahr an selbst konnten. Wir brauchten den Spiegel im Bad nur, um den Scheitel gerade zu ziehen. Das Flechten ging leichter »blind«. Wenn die Haare frisch gewaschen waren und wieder entwirrt werden mußten, flossen manchmal Tränen. Schlimm aber war es erst, als eines von uns Läuse angeschleppt hatte. Waschen bis zum Geht-nicht-mehr blieb erfolglos, spezielle Mittel gab es noch nicht, nur eines half: die Läuse mit ihren Nissen »ausstrählen«. »Lauskämme« mit ganz eng stehenden Zähnen, die wir auch in unserem Laden verkauften, brauchte man in jeder Familie. Ein leiser Knacks war zu hören, wenn eines der Tierchen gefangen und zwischen den Daumennägeln zerdrückt wurde. Damals war Mutter nahe daran, die Pracht unserer langen Zöpfe zu opfern. Von Bubiköpfen wären wir begeistert gewesen, aber nein, man wurde Herr über das Geziefer.

»D' Bodenmüllere« war jeden Monat eine Woche lang auf einem kleinen, überdachten Platz zwischen Garten und Haus mit unserer Wäsche beschäftigt. Von morgens bis abends hantierte sie hier mit Holzzuber, Blechwannen, Schmierseife, Soda und Persil, in einer langen, wasserdichten Schürze und barfuß in Käserei-Holzschuhen steckend, vor Wasserdampf fast nicht zu sehen. Im Sommer wehten dann schon um 6 Uhr morgens in Müllers Obstgarten die ersten schneeweißen Leintücher in langen Reihen von Baum zu Baum. Im Winter wurde alles auf die große Bühne gehängt, gefror »bocksterrig«, und es amüsierte uns, die »Mannsbilder-Unterhosen« und Frauenschürzen im Kreis auf den Boden zu stellen, damit unser Mägdle erschrecken sollte. Aufgetaut war die Wäsche dann so gut wie trocken, worüber ich mich schon immer wunderte.

Die Bottichwaschmaschine mit dem sich hin und her bewegenden Holzkreuz in der Mitte, die wir 1935 anschafften, wurde von allen benachbarten Frauen bewundert, besonders die oben angebrachte Gummirollenmangel. Nur mit der langen Holzzange durfte man die Wäsche dazwischen stekken, sonst bestand die Gefahr, daß die Hand erfaßt wurde. Die »groß Wesch« war in zwei Tagen erledigt. Die Waschfrau brauchte man nicht mehr: Rese war aus der Schule und machte das mit der neuen Maschine alleine. Man hielt es für selbstverständlich, daß unsere Älteste, sobald sie nicht mehr zur Schule ging, diese Arbeit verrichtete. Auch im Haushalt war Rese mehr als wir eingespannt. Mutter mußte sich durch die Vergrößerung des Betriebes mehr und mehr der Büroarbeit widmen, und eine Magd besorgte zudem die anstehende Arbeit. Erst später durfte Rese eine Berufsausbildung nachholen; sie wurde Kindergärtnerin.

Begegnung mit dem Tode

Eine unserer Mägde, die Thekla, teilte uns eines Morgens ganz ohne Umschweife mit: »Bei Müllers drüba ist a Kind auf d' Welt komme und glei wieder g'storbe. Solled mir it schnell amol 'nübergange zum a'gucke?« »Au jo, des hont mir no nie g'sehe!« klang es wie aus einer Kehle. Bei Müllers waren es bereits fünf Kinder; auch die zwei kleinen Buben, wie man es oft auf den Dörfern sah, in Röcke gekleidet wie die Mädchen. So war's billiger, praktischer und verursachte weniger Wäsche als die dicken Stoffhosen, bei denen es den Kleinen oft nicht gelang, die seitlichen Knöpfe an der »Hosefall« rechtzeitig zu öffnen. Diese Hosen zog man ihnen später an, oft sogar erst, wenn sie zur Schule gehen mußten.

Bruno und Hubert kamen uns entgegen und hatten's furchtbar wichtig; schließlich kann nicht jedermann ein totes Brüderchen aufweisen. Im Haus flüsterte man, und es roch nach ausgelöschten Kerzen. Auf einem Tisch beim Ofen lag es, das Kindchen, von dem mir nur zwei Farben deutlich in Erinnerung sind: Das Wachsgelb des Gesichtchens und das Violett der winzigen Fingernägel; weil niemand weinte, nahm auch ich den Tod als selbstverständlich hin. Und wenn unsere kleinen Kinderherzen ganz weit unten sich doch ein wenig beengt fühlten, zeigte es sich höchstens darin, daß wir gleich danach etwas Neues spielten: ein Tot-sein-Spiel: Ich legte mich unbeweglich auf den Boden, die Augen geschlossen, eben tot. Die anderen umkränzten mich mit Wiesenblumen. Es sah so schön aus, daß jeder von uns einmal im Blumenkranz liegen wollte; »bloß ganz kurz, schnell wieder lebig«.

An Hochzeit und Taufe, aber auch Beerdigungen nahm jeder im weiten Umkreis teil. Diese Ereignisse hatten etwas alle Verbindendes an sich, jedenfalls noch mehr als heute.

Mir sind aus dem Anfang der dreißiger Jahre noch die

Brautwagen in Erinnerung: Ein paar Tage vor der Hochzeit, wenn das Brautgut überführt wurde, konnte jeder den mit bunten Bändern, Tannenbäumchen und Girlanden geschmückten Möbelwagen der Braut bewundern. Die angespannten Pferde hatten Glöckchen am Kummet, so daß man das Gespann schon von weitem hören konnte. Das Heiratsgut war auf dem Wagen dekorativ zur Schau gestellt. An den Wäscheschränken standen bei schönem Wetter die Türen offen, und die mit Bändern verzierte, hübsch eingeordnete Bettwäsche erweckte immer den Eindruck, der »Kaste sei g'stopft voll«, wenn auch jeder wußte, daß diese Fülle oft durch raffiniertes Falten der Wäsche nur vordergründig zustandegekommen war. Nicht nur wir Kinder liefen dem Fuhrwerk mit den herausgeputzten Gäulen entgegen, sondern auch die Erwachsenen verließen ihre Arbeit und standen für kurze Zeit winkend an der Straße, wenn irgendwo der Ruf laut geworden war: »En Brautwage kommt!«

War in der Umgebung ein Mensch gestorben – so gut wie nie in einer Klinik, sondern daheim –, gab »d'Leichsagere«, eine arme, bedürftige Frau, den Tod und den Beerdigungstermin bekannt und bekam dafür im einen Haus ein Ei, im anderen ein bißchen Mehl, etwas Schmalz oder, bei uns, »a Steckle Käs« (= etwa 1 Pfund).

Leichenzüge, die ich damals gesehen habe, nahmen oft einen kilometerlangen Weg bis zum Friedhof. Die Gemeinde besaß einen Leichenwagen mit schwarzem Baldachin, der im alten Spritzenhaus seinen Platz hatte. Vaters Leichenwagen zogen die schönen, starken Pferde von Bauer Altherr. Die Toten wurden damals noch zu Hause aufgebahrt; Vater in einem Eichensarg. Meist aber lag der Tote in seinem Bett unter einem weißen Laken. Drei Abende, bevor der Zug sich aufmachte, kamen oft 20 bis 30 Personen der Verwandtschaft und aus der Nachbarschaft mit ihren Kindern ins Trauerhaus. Dort, wo es nach Tannenkränzen (sie wurden von den in der Nachbarschaft wohnenden Mädchen angefertigt) und Wachskerzen roch, beteten sie für den Verstorbenen. Ohne den Toten näher gekannt zu haben, weinten wir an seinem Totenbett mit, vielleicht weil die Angehörigen uns in ihrem Kummer leid taten oder eben die allgemeine Stimmung uns bedrückte. Wir hielten als gut erzogene Kinder durch, bis ein Psalter[1] und verschiedene andere Gebete für den Verstorbenen aufgesagt waren. Einmal – es war in Egg bei Waldburg – konnte ich, weil ich inmitten der großen Leute stand, nicht auf die Toilette; ich wußte auch nicht, wo der Abort auf diesem Bauernhof zu suchen war, und ich traute mich nicht wegzugehen. Eine halbe Stunde mindestens quälte mich die Pein, und dann ließ ich den Dingen ihren Lauf: Alle Leute hatten Schneewasserpfützen um ihre Schuhe, warum sollte meine Pfütze nicht etwas größer sein?

Im Winter

In Kofeld gibt es im Winter sehr viel Schnee, und oft liegt bis in den März hinein eine geschlossene Schneedecke. Egglers Brunnen war dann phantastisch mit glasklaren, mir hervorragend schmeckenden Eiszapfen behangen. Die mehrere Jahre älteren Töchter und Söhne des Hauses, besonders 's Vevle und der Max, hatten immer etwas Zeit für uns übrig: Im Winter, wenn »'s Fannile und 's Marthale vo Wange« zu Besuch kamen, hielten wir uns tagelang dort auf. Wir beneideten und bewunderten die beiden Vier- und Fünfjährigen. Sie konnten in Wangen eine Kinderschule besuchen und brachten uns ihre neuen Spiele bei. Wenn 's Vevle und der Max unser Spiel kommentierten, gab es viel zu lachen, selbst als ich beim Pfänderspiel zur Einlösung eines Pfandes den

1 Drei Rosenkränze zu je 50 Ave Maria.

»warmen« Kachelofen küssen mußte und danach ein Brandbläschen auf meiner Oberlippe prangte.

Egglers Stube war überaus gemütlich, und es roch immer sauber nach Bodenwachs. Blumen, die weiß blühten und süß dufteten – man nannte sie Wachsblumen – umrahmten die vier Fenster im Wohnzimmer, der Wandspiegel war üppig mit kunstvoll gefalteten Papierblumen verziert (auch in unserem Laden gab's Blumenpapier und Blumendraht zu kaufen), der Christbaum reichte vom Boden bis zur Decke und verbreitete den Geruch von »Bächtle« (Weihnachtsbrötchen). Die Weihnachtskrippe hatte im Hintergrund ein rotes Licht und viele, von »Egglers Vatter« selbstgeschnitzte Schäfchen, die wir nach eigenem Ermessen umgruppieren durften. Aus der Tischschublade duftete der Brotlaib, dessen Unterseite vor dem Anschneiden mit dem großen Brotmesser durch drei Kreuze bezeichnet wurde.

Hier wärmten wir uns nach dem »Schlitten«, wenn Nasen, Hände und Zehen vor Kälte gefühllos geworden waren, am Kachelofen auf und keiner schimpfte ernstlich, wenn wir ein paar Wasserlachen im Haus hinterließen, weil doch der Schnee nicht so ohne weiteres von Schuhen und Kleidern abzuschütteln war. Zur Vesperzeit durften wir ganz selbstverständlich auf der Eckbank hinter dem Tisch »Platz nehme und mithalte« (wie später meine eigenen Kinder bei den Nachbarn Weishaupt und Wochner).

Auch bei Kümmerles, dem »Chrischtian« und seiner Frau, dem »Kimmerles Wieb«, hielten wir uns im Winter immer wieder auf, bis wir nicht mehr froren. Den Christian habe ich nur mit lachendem Gesicht in Erinnerung. Die beiden hatten keine Kinder. Durch die Haustüre trat man direkt in eine Küche ohne Fenster. Als Lichtquelle diente die meist offenstehende Stubentür. Zum gemauerten Herd in der rechten Ecke führte eine Staffel hoch. Zwei eiserne Pfannen hingen am Holzbord an der Wand. Aus einem Pumpbrunnen vor der

Tür »golkte«[1] Kimmerles Wieb ihr Wasser. Rund um den Brunnen vor der Tür schüttete sie täglich zweimal in weitem Bogen Spül- und anderes Wasser aus, das im Winter zu einer »pfundigen« Schleifbahn für die Kofelder Kinder gefror. Kümmerles Scheuer war groß, die Stube war klein, die Schlafkammer noch kleiner, und sonst gab es nur noch den Abort im Stall; aber ihr Brot schmeckte ganz toll anders, weil sie den Teig in Tonkapseln in ihrem Herdrohr backen ließ. Wenn sie bügelte, war es erst recht interessant, denn dann hantierte sie mit einem Bügeleisen, bei dem die glühenden Holzkohlen schön rot durch die Löcher strahlten.

Bei Stauchs machte man sich nicht so viel Mühe mit der Bügelarbeit: Die Wäsche wurde zusammengefaltet, auf die Holzbank beim Tisch gelegt, und dann saß die alte Bäuerin während des Vespers drauf; das genügte.

In der Zeit, als ich fünf bis acht Jahre alt war und man noch keine Schneefräsen und – unausdenkbar – salzstreuende Lastwagen kannte, zogen sechs Gäule einen großen Holzpflug über die tief verschneiten Wege, begleitet von einer Rotte schaufelnder Männer mit von gefrorenem Atem steifen Schnurrbärten. Sie ließen hinter sich rechts und links der Straße hoch aufgetürmte Schneewände zurück. Die Straße glich dann einer Bobbahn. Der noch liegengebliebene Schnee wurde von den Pferdeschlitten und den wenigen Autos, die sich mit Schneeketten auf den Weg trauten, festgefahren, und es entstand eine vorzügliche Schlittenbahn, sobald sich die Straße irgendwo abwärts neigte. Auf solchen Straßen war es uns möglich, den Weg zur Schule – etwa 3 km – mit Schlittschuhen an den Füßen zurückzulegen.

1 pumpen

Die Atmosphäre in der Frühjahrszeit, wenn der Föhn Eis und Schnee dahinschmelzen läßt, ist im Voralpenland ein besonderes Erlebnis. Die »linden Lüfte« vermögen sanft zu streicheln und sind nach der klirrenden Winterkälte überaus wohltuend, die milde Luft ist förmlich zu riechen. Nie mehr habe ich den Frühling intensiver erlebt. Wenn die oft einen ganzen Meter langen, vor den Dächern und Wagenschuppen hängenden Eiszapfen schmolzen, das Wasser rhythmisch zu Boden tropfte und in kleinen Bächen auf den Straßen dahinplätscherte, die Sonne die ersten wärmenden Strahlen schenkte, die Hühner nach Sandkörnchen scharrten und – stolz auf ein gelegtes Ei – laut »gazget« (gackern ist was anderes!), dann war es »õbr«[1]. Die lange vermißten Wiesen schauten braun unter dem Schnee hervor, und wir waren froh, die lästige, beengende Winterkleidung ablegen zu können. Die schweren »Bocklerschuh« brauchten nicht mehr mühsam zugeschnürt zu werden. An die Füße kamen wieder leichte Knopfspangenschuhe, die mit einem »Schuhhaken« schnell zu schließen waren. Ich durfte dann sogar die »Deifelsmütz« mit den langen Ohrenklappen weglassen. Ohne sie konnte ich im Winter nicht nach draußen, weil mich zweimal eine Mittelohrentzündung gequält hatte, die nur mit »warme Kartoffelsäckle« wieder auszuheilen war. Unsere »beißige Wollstrümpf« (kein Mädchen trug damals lange Hosen), die mit Gummiband und je einem Knopf an Strumpf und »Leible« befestigt wurden – Mama hielt dies für gesünder als Knieringe aus Gummi, die andere Kinder für diesen Zweck oberhalb der Knie um die Schenkel spannten – verpackte man zusammen mit stinkenden Mottenkugeln in Persil-Schachteln und räumte sie weg.

1 aper (schneefrei im Frühjahr)

Vor Egglers Haus stand ein Lindenbaum, darunter ein Brunnen mit einem Trog. Der Brunnen sprudelte Tag und Nacht. Oben aus dem Rohr tranken wir, und unten aus dem Trog die Kühe und Hans, das Roß, bevor es an Mähmaschine oder Heuwender gespannt wurde. Nach dem Anschirren bekam es an schwülen Tagen eine Spitzenhaube über die Ohren, einen aus weißem Baumwollgarn gehäkelten Schutz gegen plagende Stechmücken. Wir durften seinen Bauch mit braunem, stinkendem Bremsenöl einpinseln, damit die Fliegen ihn während der Arbeit nicht »wild« machten. Nach einer solchen Pinselprozedur meinte Max: »Agnes, jetzt macht jede Bream au um di an große Boge!« Beim Ausbreiten des nach dem Mähen in langen »Maden« liegenden Grases mit den dreizinkigen hölzernen Heugabeln hielten wir nicht lange durch, man mußte so sehr dabei schwitzen. Weit amüsanter war es, auf dem Heuwender mitzufahren.

Wehmut beschleicht mich, wenn ich an den erquickenden Anblick der Wiesen jener Zeit vor der Heuernte denke. Statt vielerlei Blumen sieht man heute im Oberland nur noch gelben Löwenzahn und gelben Hahnenfuß auf den großflächigen Wiesen. Wo sind die leuchtenden Taglichtnelken, die weißen Margriten und die Vergißmeinnicht, die blauen Glokkenblumen, die bunten Wicken, die rosa Steinnelken und die vielen Kleearten geblieben? Im Kornfeld fehlt das Blau der Kornblumen, die Kornrade, der rote Mohn.

Besonders lieb ist mir die Erinnerung an die warmen Sommerabende, wenn wir fröhlich über die säuberlich aufgetürmten, duftenden Heuhaufen, über »d'Birling« hüpften und »Fangetles« spielten, umgeben vom Summen der Junikäfer. Sie waren etwas kleiner als die Maikäfer, sahen ihnen aber ähnlich. Maikäfer gab es damals viel zu viele. Sie hatten im Jahr 1952/53 im Engerlingstadium die Wurzeln der Wiesengräser so bearbeitet, daß große Flächen nicht mehr grünten und abgestorben dalagen. An einem lauen Maiabend des

Jahres 1954 krabbelten sie als flügge, braune Käfer aus der Erde, flogen in Schwärmen, die den Himmel verdunkelten, stundenlang mit tiefem Brummton aus Südwesten heran. Ich hielt mich damals gerade im Freien auf und mußte mich schützen, denn ihr Flug war scharf, und unglaublich hart prallten sie mir ins Gesicht, blieben haufenweise in Haar und Kleidern hängen. Vor Insekten und Käfern, wenn sie in Massen auftreten, kann einem wirklich Angst werden. Gefräßig wie sie sind, hatten sie bald das junge Grün der Bäume und Sträucher ganz und gar vertilgt. Kahl standen die Linden und die Kastanien da, wie nach dem Laubabfall im Herbst.

Daß etwas unternommen werden mußte, war klar. In den fünfziger Jahren neu auf den Markt gekommene Insektenvertilgungsmittel wurden in einer einmaligen Aktion in Oberschwaben mit Motorspritzen, ja selbst vom Hubschrauber aus, versprüht. Schichtweise lagen die Käferleichen unter den Bäumen und Hecken und stanken zum Himmel. Ein Aus für alle, leider auch für Junikäfer, Marienkäfer, »Ohrenwuseler« und andere Insekten. Finde ich deshalb kaum mehr Schwalbennester, wenn ich in die alte Heimat komme? In meiner Kinderzeit bauten die Schwalben unter jedem Scheunendach. Wir konnten die jungen Vögelchen ganz nahe beobachten, wie sie immerzu die hungrigen Schnäbel ihren unermüdlichen Eltern entgegensperrten.

1 Ortsansicht Bodnegg um etwa 1900.

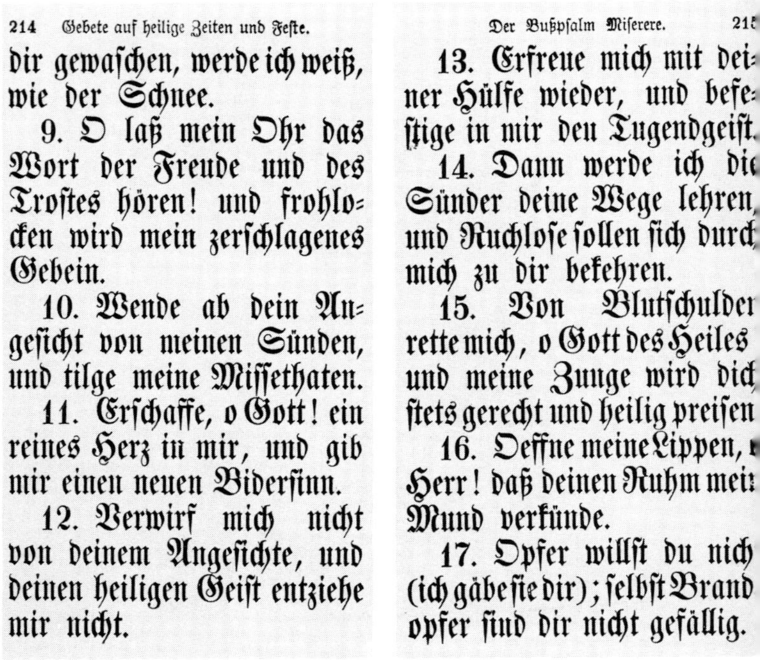
214 Gebete auf heilige Zeiten und Feste.

dir gewaschen, werde ich weiß, wie der Schnee.

9. O laß mein Ohr das Wort der Freude und des Trostes hören! und frohlocken wird mein zerschlagenes Gebein.

10. Wende ab dein Angesicht von meinen Sünden, und tilge meine Missethaten.

11. Erschaffe, o Gott! ein reines Herz in mir, und gib mir einen neuen Biedersinn.

12. Verwirf mich nicht von deinem Angesichte, und deinen heiligen Geist entziehe mir nicht.

Der Bußpsalm Miserere. 21[5]

13. Erfreue mich mit deiner Hülfe wieder, und befestige in mir den Tugendgeist.

14. Dann werde ich di[e] Sünder deine Wege lehren, und Ruchlose sollen sich durc[h] mich zu dir bekehren.

15. Von Blutschulde[n] rette mich, o Gott des Heiles und meine Zunge wird dic[h] stets gerecht und heilig preisen

16. Oeffne meine Lippen, [o] Herr! daß deinen Ruhm mei[n] Mund verkünde.

17. Opfer willst du nich[t] (ich gäbe sie dir); selbst Brand opfer sind dir nicht gefällig.

2 Zwei Seiten aus dem Gebetbuch meiner Großmutter Agatha Pfau.

3 Aus Großvaters Schullesebuch

24. Die seufzende Kreatur.

Wir mögen stehen und gehen, wo und wohin wir wollen, fast überall haben wir Gelegenheit wahrzunehmen, wie die unvernünftige Kreatur von den Menschen mißhandelt wird; und zwar sind es meistens gerade die nützlichsten Thiere, die diese Mißhandlung zu erfahren haben. Bald hören wir den Schmerzensschrei eines für die Schlachtbank bestimmten Kalbes, das vom Metzger hin und her gezerrt, gestoßen, getreten, und von dem Metzgerhund überall gepackt und gebissen wird; bald das ängstliche Schnattern einer Schar Gänse, die von muthwilligen Buben gejagt, geworfen, geschlagen, gefangen und endlich ihrer unreifen Federn beraubt werden. Aber nicht bloß böse Buben, sondern manche Hausfrauen selbst, die doch den Werth dieser Thiere zu schätzen wissen, mißhandeln dieselben auf eine harte Weise durch grausames, bis in den späten Herbst fortgesetztes Berupfen, so daß die armen Thiere, denen wir die warmen Betten verdanken, zitternd vor Kälte, blutend an Brust und Bauch, in einer Körperstellung herumschleichen, die deutlich genug zeigt, wie arg man mit ihnen umgegangen ist.

Ein neues Leiden wartet auf die armen Thiere, wenn sie zum Abschlachten zubereitet werden: sie werden auf die widernatürlichste Weise so voll gestopft, daß sie sich nicht mehr zu rühren vermögen und alle Augenblicke in Gefahr kommen zu ersticken, ehe das Messer ihren Qualen ein Ende macht. Noch trauriger ist das Schicksal vieler Pferde. In den besten Jahren werden sie bergauf, bergab und auf der Ebene gejagt und gepeitscht, bis endlich die steifen Gelenke den Dienst versagen. Dann kommen sie unter die derben Fäuste der Karrenfuhrleute, die zu … diese Thiere ordentlich zu füttern, nichts
desto weniger aber i… …ben geben, welche für junge und
wohlgenährte Thier… Wills dann nicht gehen,
so wird geflucht … Hals und Kreuz
geschundene, wu… wenn es
nicht vorher u…
Straße eines …

Man sie…
und von Mü…
Stunden l…
stehen, wö…
spiel in …

54. Rath einer Mutter an ihre dienende Tochter.

Ich habe Dein Schreiben erhalten, meine liebe Tochter! Du beklagst Dich in demselben sehr über die Härte und Unbilligkeit Deiner Herrschaft, und daß Du bei aller Mühe, die Du verwendest, ihr zu Gefallen zu leben, es ihr doch nie recht machen kannst. Wenn Deine Klagen gegründet sind, so thut es mir leid. Indessen kann ich doch Deinen Vorsatz, den Dienst vor der Zeit zu verlassen, gar nicht billigen, und muß Dir das durchaus widerrathen. Denn Deine Herrschaft würde das Recht haben, Dich zurückzufordern; und wenn Du nicht mit Güte kämest, so könnte sie Dich mit Gewalt dazu zwingen. Dann würde aber Deine Lage noch viel härter und unerträglicher werden. Halte Deine Zeit geduldig aus; denn der liebe Gott will, daß wir nicht bloß den gütigen und gelinden, sondern auch den wunderlichen Herren gehorsam sein sollen.

Ich traue es Dir wohl zu, daß Du Dir keine Saumseligkeit und Unordnung wirst zu Schulden kommen lassen, weßhalb Deine Herrschaft mit Recht mit Dir unzufrieden sein könnte. Aber vermuthlich hält sie sehr auf Pünktlichkeit und Genauigkeit und will alles ohne Fehler haben. Da kann es doch wohl sein, daß, wenn Du etwas noch so gut gemacht zu haben glaubst, es immer noch besser sein könnte. Und da Deine Hausfrau sich die Mühe gibt, Dir alles ordentlich zu weisen, so wird es Dir nicht schädlich sein, daß sie Dir auf die Hände sieht und keinen Fehler durchgehen läßt. Du wirst dadurch geschickter werden und Dich an Arbeitsamkeit und Ordnung gewöhnen, was Dir nur zum Vortheil gereicht und Dir in Zukunft sehr zu statten kommen

4 Einzelhöfchen Gragenbach.

5 Schulentlassungs-Schein von Wilhelmine Pfau, 1907.

Königreich Württemberg.

Schulinspektoratsbezirk *Ravensburg*

Schulgemeinde *Bodnegg.*

Schulentlassungs-Schein

D~~er~~ Schüler *in* *Wilhelmine Pfau*

Sohn — Tochter — des *Fidel Pfau*

geboren den *9. März 1893* zu *Gragenbach*

wird bezeugt, daß ~~er~~ (sie) von ~~seinem~~ (ihrem) *7* bis *14* Lebensjahre die werktägliche Volksschule vorschriftsmäßig besucht hat und mit Schluß des Schuljahres 19 ___ gemäß Art. 5 des Volksschulgesetzes aus der Elementarschule entlassen und nach Art. 6 desselben Gesetzes zum Besuch der Fortbildungsschule verpflichtet worden ist.

Religion: *rk.*
Talent: *rgt.*
Fleiß: *rgt.*
Sitten: *rgt.*
Kenntnisse im allgemeinen: *rgt.*

Bodnegg, den *19. April* 190*7*.

Ortsschulinspektorat: *Pfarrer Burr*

Lehrer: *F. Kleiner, Aufsichtslehrer*

K. Bezirksschulinspektorat:

Schulinspektor ____________________

Königreich Württemberg.

Zeugnis

bei der Entlassung aus der Sonntagsschule.

Wilhelmine Pfau, geboren den 9. März ~~1910~~ 1893.

~~Sohn~~ — Tochter — des Fidel Pfau in Gragenbach

katholischer Konfession, ist nach Erfüllung der gesetzlichen Schulpflicht mit folgendem Zeugnis aus der Sonntagsschule entlassen worden:

Religion sgt.

Aufsatz sgt.

Rechnen sgt.

Realien sgt.

Fleiß und Aufmerksamkeit: sgt.

Betragen sgt.

Schulbesuch: sgt.

Bodnegg, den 17. April 1910.

Der Klassenlehrer:

Frz. Kleiner.

Kathol. Ortsschulinspektorat:

Pfarrer Burk

Zeugnisstufen:

sehr gut	(sgt.)
gut	(gt.)
befriedigend	(bf.)
genügend	(gn.)
ungenügend	(ug.)

7 Minele mit 20 Jahren.

6 Zeugnis bei der Entlassung aus der Sonntagsschule von Wilhelmine Pfau, 1910.

8 Die genossenschaftliche Käserei, 1915.

9 Das erste Auto in Bodnegg, 1919. Alfons und Mina mit ihrer ersten Tochter Theresia. Am Steuer Schwager Wendelin Geiselmann.

10 Ausflug nach Oberstdorf/Allgäu.

12 Verzeichnis der damaligen Bewohner. Unter Nr. 5: Jacob Forstenheisler, Richter und Tafernwürtt. Nr. 6: Tafernstadel.

◁ 11 Das alte Bild von Waldburg, das dort im Schloß hängt.

13 Unser »Opel-Cabrio« 1930. Neben dem Steuer die Hupe. Hinten die Kinder: Rese, Hilde, Agnes, Hedwig.

14 Reklame für Allgäuer Limburger der Sennerei »Viermäderl«.

15 Sennerei Kofeld, 1938.

Württ. Halbfettkäse
20% Fett i.T.
W 211
Sennerei
Schutz
Marke
Viermäderl
Allgäuer
Limburger

Sennerei Kofeld

16 Die fünf Käserstöchter.

17 BDM marschiert im Gleichschritt. ▷

18 Das Lager des Reichsarbeitsdienstes für die weibliche Jugend in Staufen im Breisgau.

19 Als Arbeitsmaid beim Rebenhacken.

20 Die Kameradinnen meiner Stube in der Stellung in Friedrichsfeld: Fine, Dorothee, Anneliese, Dorle, Annemarie.

Lange Schulwege und Rohrstock

– aber Orthographie problemlos

Mein Schulweg führte über den steilen »Riesenbüchel« durch einen langen und dunklen Wald, vorbei an der sagenumwobenen »Höll«, einer tiefen Senkung im Gelände nahe unserem Fußweg. Die Höll war dicht mit Tannen und Gestrüpp verwachsen, und – so naseweis ich auch immer war – nichts in der Welt hätte mich dazu bringen können, einmal da hinunter zu steigen. Ich war nie so ganz sicher, ob nicht der Geist des bösen Ritters (dessen Schloß hier versunken sei), dort unten noch hauste.

Der Riesenbüchel bedeutete für die kleinen Schüler noch eine andere Sorge: Dort lebte ein von Jäger Mayerhofer großgezogenes und dann wieder der Freiheit übergebenes Reh. Dieser kleine Rehbock kannte keine Scheu vor den Menschen. In den ersten Wochen meiner Schullaufbahn ist es passiert: Der Rehbock trat eines Morgens plötzlich vor mir aus einem dichten Waldstück, blieb stehen und schaute unverwandt her. Ich stand wie ein Stock ihm gegenüber, Auge in Auge, keiner rührte sich, bis mein Gegenüber gemessenen Schrittes und erhobenen Hauptes näher rückte. »Des ischt doch der Rehbock, der mit der alte Reischmänne boxt hot. Die hot doch nochher müsse a paar Tag im Bett liege!« geht es mir durch den Kopf. In panischem Schrecken mache ich auf dem Absatz kehrt und renne brüllend heimwärts, das Rehböckle ein Stück des Weges hinter mir her.

Wen wundert es, daß ich von da an den Weg zur Schule nicht mehr allein machen wollte? So kam es manchmal, daß Papa mich vorne auf die Querstange des Fahrrads setzte und nach Bodnegg radelte. Aber er hatte nur selten Zeit. Ich mußte mich überwinden und ging tapfer meines Weges, nach rechts und links äugend, ob sich nichts Verdächtiges rege. Wenn mich die Angst packte, begann ich zu rennen. Nicht nur einmal fiel ich, den steilen Riesenbüchel hinunterspringend, auf die Nase. Wenn ich mir dann am alten Pumpbrunnen vor der Schule das Blut aus dem Gesicht waschen mußte, und wenn daraufhin der Lehrer noch eine seiner typischen, sarkastischen Bemerkungen machte: »So, Agnesle, bist heut' auf der Nas' in d' Schul g'laufe?« oder »Agnesle, hoscht mit em Rehbock 'kämpft?« und einige der im Dorf wohnenden Kameradinnen über diesen Witz lachten, kam ein großer Weltschmerz über mich, und die Tränen flossen den halben Vormittag. Dieser Unterlehrer ärgerte mit Vorliebe gerade mich. Sein genüßliches Grinsen sehe ich noch heute vor mir. Hatte er meinem gleichaltrigen Wegkamerad Bruno Hosenspanner verabreicht, weil er tags zuvor, auch aus Angst vor dem Rehbock, nicht zur Schule gekommen war, dann trotteten wir beide um die Mittagszeit zusammen im Schutz der größeren Schüler nach Hause, auch wenn der Unterricht, wie zu der Zeit für die Kleinen üblich, am Nachmittag weiterging. Dafür bezog Bruno am nächsten Tag wiederum Hosenspanner. Mich verschonte der Lehrer mit Hieben, aber er konnte es nicht lassen, mich durch »witzige« Zurufe zu ärgern, bis ich in Tränen ausbrach.

Nur wenig abseits vom Schulweg lag das »Kromerhäusle«. Dort besuchten wir auf dem Heimweg fast täglich »d'Berta«, die Schuldienerin, und »'s Agetle«, ihre geistesarme Schwester, von der ich immer wegen ihres Mundgeruchs Abstand hielt. Unser Besuch in ihrer niedrigen Stube galt eigentlich mehr den drei Turteltauben in einem Holzgatter unter dem Ofen, die uns sogleich ihr Ruckediku entgegengurrten. Liebend gern öffneten wir das Türchen ihres Verschlags, damit sie ein wenig in der Stube fliegen konnten. 's Agetle schimpfte uns dann zwar »freche Bande« und zeigte dabei ihre Zahnstummel, hatte aber bis zum nächsten Tag schon wieder vergessen, daß wir eigentlich nur kamen, um die Tauben frei zu lassen. Ein paar Hauslängen weiter versuchten wir Kletterkünste an dem großen, neu erbauten Hochspannungsmasten. Als dort ein junger Mann von hoch oben zu Tode gefallen war, überlegte ich: »Eigentlich müßt ma do in der Wies' jetzt a Dalle finde!« und suchte eifrig danach.

Auf dem Schulweg konnten wir uns Zeit lassen. Hausaufgaben waren während der Grundschulzeit nicht sehr viele zu verrichten. Lesen, Schreiben und Rechnen übten wir zur Genüge täglich zusammen mit dem Lehrer in der Schule, so daß ich die Hausaufgaben gar nicht nötig hatte. »Heggle«, meine Schwester Hedwig, war entschieden eifriger: Sie ruhte nicht eher, bis ihre Tafel auf beiden Seiten vollgeschrieben war. Sie wollte ihrer Lehrerin am andern Tag die Fleißarbeit vorzeigen: »Fräulein Knoll, i hon hinte und vorne voll!«

Bis einschließlich des vierten Schuljahrs haben wir fast nur mit Griffel und Schiefertafel gearbeitet, wobei jedes falsch geschriebene Wort mühelos mit einem nassen Finger weggewischt wurde. So – schnell wieder verschwunden – konnte sich eine falsche Schreibweise nicht einprägen. Weil alle Lesestücke laut und wiederholt gelesen wurden, bis wir fast jedes Wort auswendig wußten und genau die Rechtschreibung kannten, hatten nur ganz wenige Kinder Probleme mit der Orthographie. Diese allerdings erlitten wegen ihrer Fehler täglich Hosenspanner.

Hie und da bekam auch ich eine Tatze, doch aus anderen Gründen: Einmal las ich im dritten Schuljahr über ein Komma weg, und ein andermal erhielt ich »wegen Schwätzens« die gefürchteten Schläge. »Ruhigsitzen und Maulhalten« lernten wir, doch bis ich das konnte, stand ich oft genug in der Schulzimmerecke, Kopf zur Wand. Daß jeweils mindestens zwei Klassen im gleichen Zimmer unterrichtet wurden, hatte für mich einen Vorteil: Weil ich mit der aufgetragenen Arbeit meist flink fertig wurde, nahm ich die Gelegenheit wahr und lernte heimlich mit den Großen. Auf diese Art wußte ich manches vorweg, kannte Schillers »Lied von der Glocke« oder die »Rosse von Gravelotte« auswendig, noch bevor diese Gedichte in meiner Klasse »dran waren«. Das Einmaleins klang mir schon in den Ohren, als ich noch Zusammenzählen und Abziehen von Zahlen lernte. Die Antworten zu den Fragen des Katechismus gingen ganz von selbst in den Kopf, weil Pfarrer Hildebrand nicht wartete, bis die Schüler die Anwort endlich zustande brachten, sondern sie lieber gleich selbst fließend hersagte. Ich fand es auch ungemein praktisch, daß mir Jahre später im Englischunterricht am Gymnasium die unregelmäßigen Verben nicht die geringste Mühe bereiteten, da meine Schwester die Angewohnheit hatte, diese bei den Hausaufgaben laut zu deklamieren [1].

Zucht und Ordnung wurden groß geschrieben. Wir mußten alle wie Soldaten auf Befehl aufstehen und hinsitzen. Sich von seinem Platz ohne Aufforderung zu entfernen, war undenkbar: »Hände auf die Bank!« rief der Lehrer und wartete, bis alle ihre Hände, Handflächen nach unten, auf der Schulbank liegen hatten, die Daumen um die Tischkante geklammert. Dann erst begann er mit dem Unterricht. So saßen wir, fast unbeweglich, auch während der schönsten Stunde, wenn Herr Lehrer Sökler seine Geige aus dem Kasten nahm und wir singen durften.

Das Klassenzimmer der 1. und 2. Klasse befand sich im Parterre des alten Schulhauses, gleich rechts neben dem Eingang. Der Parkettboden war geölt und wurde alle paar Tage von der Schuldienerin, der alten Berta, mit Hilfe von

1 Hedwig kam zwar zwei Jahre später als ich auf die Oberschule, aber sie hatte Englisch als erste Fremdsprache, während ich zuerst Französisch lernte und erst in der 4. Klasse Englisch.

Ölsand gesäubert und ausgefegt; das ersparte das Naßputzen. Ein auf einem Podest stehendes breites und hohes Holzpult, eine große Schieferwandtafel, weiße Kreide, Schwamm und Waschschüssel sowie drei Reihen fest am Boden verankerte Pulte mit schräger Arbeitsplatte und starren Sitzbänken vollendeten die Einrichtung. Die Pulttische hatten oben eine Rille für die Griffel und ein dort eingelassenes Tintenfäßchen, das wir aber erst im dritten Schuljahr benutzten, als das Heft die Schiefertafel ablöste. »Heftschreiben« verursachte jedesmal eine große Aufregung wegen der Kleckse, die nicht vorkommen sollten und doch passierten, wenn die »Sütterlin-Feder« (wir lernten nicht die lateinische, sondern die Sütterlin-Schrift) plötzlich im Papier steckenblieb und Tinte um sich spritzte.

Entlang der getäferten, grün gestrichenen Wand hingen an Haken unsere Mäntel, Mützen und Schals, darunter standen die Überschuhe. Der schwarze, runde, zimmerhohe Eisenofen strahlte im Winter Behaglichkeit aus, trug aber auch dazu bei, daß die schneenassen Mäntel einen muffigen Geruch verbreiteten. Zusammen mit den Wurst- und Butterbroten, den Äpfeln und gekochten Eiern, dem Inhalt von Thermosflaschen und den langsam trocknenden Gummi-Überschuhen ergab das »eine Luft zum Schneiden«.

Oben im Schulhaus hatte der Lehrer seine Wohnung. Dort roch es meist nach Kokosbrötchen. Hatte er mal seine Schlüssel vergessen, stritten wir uns, wer sie holen durfte. War für unseren Lehrer Brennholz geliefert worden, trugen wir Kinder den ganzen Haufen ärmchenweise auf die Bühne oder die Kohlen in den Keller, und keiner fand daran etwas zu meckern. Im Gegenteil, es war eine Ehre, während des Unterrichts dies tun zu dürfen.

Unterhaltung und Freizeit

In unserer Kinderzeit haben wir viel gesungen. Vielleicht kam die erste Anregung von Vater, der beim nachmittäglichen »Käsumschlagen« oder im Keller beim »Kässchmiere« gern ein Lied pfiff oder vor sich hinsang. Sein Lieblingslied war das der Fremdenlegionäre: »Gefangen in maurischer Wüste...« (meine Vorstellung war dabei eine Wüste, wo die Gefangenen von einer Mauer eingeschlossen sind) oder aber das Lied von der »schönen jungen Lilofee«. Wir sangen die Melodien und die Texte mit, ob wir deren Inhalt nun verstanden oder nicht. Wir sangen auch mit dem Schneidermeister. Wenn Papa einen Anzug brauchte, kam er zu uns ins Haus und saß beim Nähen mit gekreuzten Beinen auf unserem Wohnzimmertisch. Wir hörten Lieder von unseren Dienstmädchen und den Näherinnen, die für uns fünf Töchter die Kleider bei uns zu Hause fertigten, meist alle im gleichen Schnitt und aus demselben Stoff wie z. B. die buntkarierten, die wir auf dem Foto an der Treppe (Abb. 16) tragen, die blauen Matrosenkleidchen mit den breiten, weißen Kragen oder die blumigen Dirndl mit roten Schürzchen. Ging die Familie gelegentlich einmal aus, hatte solch nette Uniformierung den Vorteil, daß unsere Eltern ihre Mannschaft leicht überblicken konnten.

Die schönsten Volkslieder und Moritaten aber lernten wir bei unserer Nachbarin kennen, »dr alte Könige«, die wegen ihrer Gicht kaum mehr gehen konnte und bei jeder erträglichen Witterung in einem Korbstuhl vor ihrer Haustür saß. In jungen Jahren war sie eine sehr lebenslustige Frau gewesen, und sie hatte trotz der sie quälenden Krankheit ihren guten Humor bewahrt. Unter dem großen Kastanienbaum liegend, lauschten wir ihren Melodien und übernahmen von ihr, zusammen mit ihren gleichaltrigen Enkeln (Bruno, Maja, Hilde), die alte Weise von der schönen Lola, deren Liebster nach ihrem frühen Tod ins Kloster ging und dort vor Gram starb; von der armen Luiska und ihrem Schiffer und ihrem letzten, langen Blick; von dem sterbenden Infanteristen »fern bei Sedan« oder das Lied von dem Kind, das schon mit drei Jahren eine arme Waise war und, von der Stiefmutter gequält, eines Tages mit den Fingerchen ein Loch ins Grab seines Mütterleins grub und ihm leise sein Leid klagte. Solche schmerzlich-wehmütigen Lieder sangen wir gerne, besonders wenn wir lustig und fröhlich beisammen waren. Während dieser Lieder sahen wir heimliche Tränen in den Augen der Erwachsenen schimmern ob so viel Herzeleid. Uns Kinder berührten die besungenen Schicksale im Bewußtsein unserer Geborgenheit recht wenig. Wichtig war, daß wir von solchen Liedern jeweils alle Strophen kannten, denn es sind ja Geschichten, die man bis zum (bitteren) Ende hören will. Mit den Jahren erweiterte sich unser Repertoire um etliches mehr: die Wacht am Rhein boten wir in sanfter Eintracht mit dem freien Wildbretschütz und dem Büblein klein an der Mutterbrust. Wir entdeckten Freud und Leid der Landsknechte ebenso wie die reitenden blauen Dragoner, den schönsten Wiesengrund, den Brunnen vor dem Tore, das Mühlenrad im kühlen Grunde und der Wirtin totes Töchterlein. Auch die oberen Gesellschaftsschichten waren nicht vergessen: Fridericus Rex und Heinrich der Vogler an seinem Vogelherd, die zwei Königskinder mit dem großen Wassergraben zwischen ihnen, das Glück mit Ännchen von Tharau und der Schmerz des Erlkönig (so faßte ich die Geschichte auf) mit dem toten Knaben im Arm.

Mit 14 Jahren, eben erst hatte ich mit Puppen zu spielen aufgehört, war ich zum erstenmal verliebt, in einen gleichaltrigen Jungen aus Westfalen, und ganz besonders in sein Lachen und seine melodische Sprache. Er absolvierte sein

Pflichtlanddienstjahr bei einem Bauern und brachte täglich morgens die Milch zur Käserei. Die ganze Familie wunderte sich zunächst und lächelte dann heimlich, als ich während der Sommerferien schon jeden Morgen um halb sieben auf war und mich irgendwie in der Käserei, im Laden oder mit dem Kehren der Freitreppe beschäftigte. Und dabei glaubte ich, ich hätte mein Geheimnis für mich allein! Als der Junge einmal in unserem Laden einkaufte, erkundigte sich Mama sogleich bei ihm: »Was ischt dein Vatter, was hont ihr dahoim?« »Wir haben ein Schießgeschäft!« sagte er mit strahlendem Lächeln und zeigte dabei seine blendend weißen Zähne. Zum Glück hatte Mama – an die westfälische Sprache nicht gewöhnt – »Fischgeschäft« verstanden und somit nichts gegen meinen »Umgang« mit dem Sohn eines Geschäftsmannes einzuwenden. Ich hütete mich, sie aufzuklären. Schießbude oder nicht, mir war das egal.

Unser »Umgang« ging nie über ein zaghaftes Flanieren, ein paar nette Worte mit Herzklopfen und helles Lachen hinaus. Sein »Na, Achnes, wie is dat so mit uns?« klingt mir noch heute in den Ohren. »Willste nich heut mal mit Schwimmen gehn?« Wie gerne wär ich, aber die Eltern hätten es nicht erlaubt, da brauchte ich gar nicht erst zu fragen. Aber ich konnte den ganzen übrigen Tag selig nachdenken, hinter jedem Wort eine wichtige Bedeutung suchen und in einer mir ganz unbekannten Art glücklich sein. Nach Monaten, beim Abschied vor seiner Abreise, bildete ein scheu hingehauchtes Küßchen den Schlußpunkt meiner ersten Liebe.

Als die Eltern bei der jüngsten ihrer Töchter eine Musikbegabung zu erkennen glaubten, bekam sie Klavierunterricht. Kaplan Hofer empfahl, »das begabte Kind« doch auch das Orgelspiel erlernen zu lassen. So konnte Lisa bereits mit 15 Jahren den Gottesdienst in der Kirche begleiten. Als sie erstmals ein Opus von Johann Sebastian Bach – sie nannte das Stück »den großen Bach« – zum Abschluß eines feierlichen

Hochamtes spielte, waren wir alle mächtig stolz. Lisa aber war unwirsch: »I hon me wieder soo g'ärgeret! Meine Füeß sind alleweil no z'kurz für die äußere Pedal. I sag jo scho lang, daß i a niedrigere Orgelbank will!«

Ich spielte Geige, aber meine Übungsstunden waren alles andere als ein Genuß für die Zuhörer: »O je, jetzt got des Gekratze wieder los!« hörte ich einmal eine meiner Schwestern, schlechtgelaunt, äußern, was meine Initiative sehr dämpfte. Als dann eines Tages auch noch unser Hund mißbilligend mitjaulte, während ich Etüden übte, legte ich mein Instrument ad acta. Getrennt habe ich mich von dem guten Stück aber nie, vielleicht deshalb, weil innen drin ein Zettel klebt: »Nicolaus Amatus fecit in Cremona 1654.« Man weiß ja nie! Wenn ein Virtuose darauf spielt, klingt sie jedenfalls voll und warm und gar nicht kratzig. Hilde übte ein Jahr lang fleißig auf einer Konzertzither, Rese und Hedwig versuchten sich im Klavierspiel. Außer bei Lisa waren aber auf musikalischem Gebiet nirgends Meisterleistungen zu entdecken. Doch wenn Kaplan Hofer mit seiner Singschar anrückte, kamen durchaus kleine Hauskonzerte zustande, sogar Solovorträge. Hans, mein späterer Schwager und Sänger, überragte alle. Lisa begleitete am Klavier, wenn wir Lieder von Hugo Wolf, Karl Loewe, Schumann und Schubert sangen; manchmal aber auch die Studentenlieder des Kaplans. Papa nannte sie »Sauflieder« und meinte eines Abends: »Woher der Kaplan dia bloß kennt? Er trinkt doch bloß Mill!«[1]

Gemeinsames Erleben, eigene Produktivität und Engagement, unsere kleinen Erfolge in dieser Sing- und Theatergruppe haben für eine Bindung gesorgt, die bis heute – über 40 Jahre lang – gehalten hat. Der Kaplan war immer auch an

1 Für den Herrn Kaplan wurde, wenn er sich angesagt hatte, immer ein großer Hafen Milch bereitgestellt.

unser aller Werdegang interessiert und hat manchen auf einen Weg gebracht, an den weder derjenige selbst noch seine Eltern je gedacht hätten. Immerhin sind aus diesem Jugendkreis – die meisten hatten primär nur die Volksschule besucht – ein Sänger, ein Theologe, ein Künstler der Filmbranche, ein leitender Mitarbeiter von Deutz in Georgia USA, und nicht zuletzt ein Universitätsprofessor hervorgegangen.

Unser Radio kam als Musikspender kaum zu Ehren. Ein junger Mann unserer Nachbarschaft – er war Luftfahrtmechaniker – hatte es aus Amerika anläßlich eines Zeppelinfluges mitgebracht. Mein Vater kaufte es ihm um das Jahr 1931 ab. Es war ein amerikanisches Modell und das erste Radio in Bodnegg. Das Radioprogramm war noch dürftig, und das Gerät hatte oft irgendwelche Defekte. Da es noch keine fachkundigen Mechaniker gab, kam uns Josef, der frühere Besitzer, zu Hilfe und brachte es wieder zum Klingen. Bei einem solchen Anlaß saß auch sein dreijähriges Töchterchen Anneliese bei uns zum Käsvesper mit am Tisch, und keiner hatte bemerkt, daß sie nichts mehr auf ihrem Teller hatte. In einer Gesprächspause ertönte es schüchtern, aber deutlich aus ihrer Ecke: »Wenn i no a Brot hett, dät i no an Käs esse!«

Dieses erste Radio war ein großes, unhandliches Möbelstück und stand auf hohen Holzfüßen auf dem Boden. Als nach Kriegsende die französische Besatzungsmacht alle Radios requirierte und auch wir unser gutes Stück vorweisen mußten, bedeutete uns der Offizier, daß wir ihn mißverstünden: »Je voudrais une radio, pas de commode!«, er wolle ein Radio haben und keine Kommode; so blieb es unser Eigentum und genügte weiterhin unseren geringen Bedürfnissen nach solcher ins Haus gelieferten Unterhaltung.

Eine nützliche Freizeitbeschäftigung war das Stricken und Häkeln. Schon im Alter von sechs Jahren begann man mit der Herstellung von Topflappen und Schals; bereits in der 2. Grundschulklasse waren lange Strümpfe an der Reihe, gestrickt mit fünf Nadeln, dann Hausschuhe, Bettschuhe und Mützen, Faust- und Fingerhandschuhe, jedes Jahr neue.

Hilfe in Haushalt und Geschäft

Zu unseren eigenen Aktivitäten kam am Nachmittag oft die Mithilfe in Haushalt und Betrieb hinzu: Vesper richten, Most aus dem Keller holen, Telefonanrufe in der Nachbarschaft ausrichten. Die Schuhe mußten wegen der noch nicht geteerten Straßen täglich geputzt werden. Zu meiner Arbeit gehörte es, jeden Samstag den Kupferdeckel des Wasserschiffes vom Küchenherd und die Knöpfe der Herdtüren mit Sidol blitzblank zu polieren.

Schon mit acht Jahren bedienten wir gelegentlich die bäuerliche Kundschaft im Laden und wogen auf einer Waage mit Gewichten die gewünschte Menge Zucker, Salz, Mehl, Grieß, Nudeln, Breimehl oder Soda in Tüten ab. Bargeld ging nicht viel durch die Ladenkasse, weil die Ware oft nur in einem Buch aufgeschrieben und am Monatsende mit der Milchlieferung verrechnet wurde.

Wir verkauften nicht nur Lebensmittel, sondern auch viele andere Dinge des täglichen Bedarfs, angefangen beim Nähfaden über Strickwolle, Unterhosen, Unterröcke, Petroleum (es gab noch nicht in jedem Haus elektrisches Licht) bis hin zu Kau- und Schnupftabak und den nur mit besonderem Geschick ausziehbaren, klebrigen, langen Fliegenfängern. Konserven und Dosen beschränkten sich einzig und allein auf Ölsardinen, Bismarckheringe und Schuhcreme.

Seit dem Alter von etwa zehn Jahren rief uns Vater immer mal in den Keller: »Käspacke! Alles helfe!« ertönte es dann durchs Haus. Die fertig gelagerten Käsestücke mußten in Papier und Kisten verpackt werden. Um uns die Zeit bei dieser stupiden Arbeit zu verkürzen, sangen wir nebenbei unser gesamtes Liedgut durch, wenn immer es gelang, mehrstimmig. Hedwig hatte eine hübsche Altstimme. Die im Keller arbeitenden Käser freuten sich, wenn sie musikalische Unterhaltung bekamen, sangen mit und ließen sich von den Mädchen gerne engagieren, die »schmierigen« Käse aufs Papier zu legen. »Auflege« bedeutete, die Käseportionen auf dem Einwickelpapier genau aufs »Viermädelbild« zu plazieren. Das Käspacken artete mit fortschreitendem Alter so nach und nach in Arbeit aus, besonders während des Krieges, als keine Arbeiter mehr zur Verfügung standen. Trotzdem tat ich es lieber, als an heißen Sommertagen Körbe mit Holz auf die Bühne oder in den Schuppen zu schleppen. Denn viele Raummeter Holz waren jährlich nötig, bis Vater 1938 einen mit Kohlen beheizbaren Dampfkessel für die Käserei anschaffte.

An jedem Monatsende stand das große »Milchrechnen« an: Die Beträge der etwa 80 Milchbüchlein, in denen die täglich angelieferte Milch jedes einzelnen Bauern notiert war, mußten zusammengerechnet werden. Mama addierte wie am Schnürchen. Mir kam es immer vor, als fahre sie mit dem Bleistift nur schnell die Zahlenreihen entlang nach oben, und schon stand die Summe fest. Ich hätte es ihr gerne gleichgetan, denn ich war ja in der Oberschule. Aber da haperte es. Mama schaffte in der gleichen Zeit das Dreifache.

Die Bezahlung war in den Anfängen der Käserei einfach gewesen: Pro Liter wurde ein bestimmter Preis bezahlt, der mit den Bauern ausgehandelt worden war. Später, nach 1935, kam ein staatlicher Kontrolleur vom Milchwirtschaftsverband und untersuchte wöchentlich zweimal in Stichproben die Milch jedes einzelnen Lieferanten auf Fettgehalt, Schmutzteilchen, Frische: danach richtete sich der Kilopreis. Es waren nun Abzüge, Zuschläge und die staatlichen Subventionen zu verrechnen. Eine mechanische Rechenmaschine brachte Erleichterung: Sie hatte kleine, einstellbare Zahlenhebel und eine Kurbel, die die Maschine rasselnd zum

Rechnen veranlaßte, wenn man sie drehte. Trotzdem dauerte die Prozedur des monatlichen Milchrechnens eine ganze Woche. Zum »Milchzahlen« in einer Gastwirtschaft wurden acht- bis zehntausend Mark in Tüten abgefüllt, jedem Lieferanten einzeln an einem Zahltisch die Abrechnung erläutert, das Geld vorgezählt und gegen Unterschrift ausgehändigt. Kam einer nicht zum Zahltag, brachten wir Kinder es ihm anderntags ins Haus. Nur wenige Bauern hatten damals ein Bankkonto, aber auch diese wollten ihr Milchgeld bar haben.

Das Geld war in einem großen, grünen, schweren Kassenschrank mit zwei Sicherheitsschlüsseln im Schlafzimmer der Eltern verwahrt. Als ich – etwa fünfjährig – meinen Papa einmal mit der neugierigen Frage bedrängte, warum er denn die Schlazimmertür nachts zuschließe, sagte er: »Daß koiner 's Geld im Kassaschrank stehla ka!« Wenn bei diesem Kassenschrank die schwere Eisentür offenstand, gab es zwischen Tür und Angel einen schmalen Spalt. Warum dieser Spalt uns reizte, mit einem Finger oder der großen Zehe darin herumzubohren, verstehe ich heute nicht mehr. Jedenfalls hatte Lisa einmal einen Finger und Hedwig und ich je einmal die große Zehe dazwischen, als Papa eben zuschließen wollte. Seinem mitfühlenden »Ochelee« war zu entnehmen, daß so etwas ihn selbst noch mehr schmerzte als uns, es war aber immer gerade noch ohne Blutvergießen abgegangen.

Am Ostermontag 1932, vor meinem ersten Schultag, wollten wir Kinder Palmkätzchen holen, und ich bettelte Papa an, heute, »am Sonntig«, mitzukommen. Aber er wollte am Schreibtisch etwas erledigen. So zog ich mit den Nachbarjungen allein los. An ihrem großen Schleifstein schärften sie zuvor noch ihre Taschenmesser. Wenn die große Kurbel gedreht wurde, ratterten die Zahnräder – offen daliegend – aneinander. Ich hielt meinen rechten Zeigefinger an die eisernen Dinger, »weil sie so lustig schnatterten«. Es reizte mich, den Rädchen nahe zu kommen und ihnen doch wieder ungefährdet zu entwischen. Aber die Zähne der Räder haben meinen Finger bis zum zweiten Glied zermalmt. Es war das einzige Mal, daß ich meinen Vater weinen sah. Er machte sich bittere Vorwürfe, daß er sich zu wenig Zeit für seine Mädchen nehme und deutete dieses Unglück als »Strafe Gottes«, weil er am Feiertag ohne besondere Notwendigkeit gearbeitet hatte.

Zwei Fingerglieder mußte der Arzt amputieren, und so kam ich erst vierzehn Tage später, als kein Verband mehr nötig war, zur Schule. Im Schulhof war gerade »Freizeit«, als Papa mich dem Oberlehrer vorstellte. Die Erstklässler besahen mich: Ganz vorne stand eine Dicke, strahlte mit ihren roten Backen übers ganze Gesicht und brachte ihren Mund nicht mehr zu. Ich glaubte, sie sei blöde und wäre gewillt, mir von meinem verstümmelten Finger die schon fehlenden Knöchlein nochmals abzubeißen, schloß die Hände zu Fäusten und verbarg so »das Fehl«. Dieses Verbergen wurde mir eigen.

Meine kleinere Schwester, Hedwig, hatte eine andere Eigenart: Sie konnte sich als Kind nicht am Schmaus eines Gänsebratens beteiligen, »wege de Federe«, meinte sie. Aber die waren ja sauber abgerupft. Sie konnte die nackte Gans nicht sehen und noch weniger sie berühren. Wurde im Haus ein Schwein geschlachtet, verkroch sie sich, hielt sich die Ohren zu oder ging zu einem Nachbarn. – Eines Tages hatte sie das etwas schütter gewordene Haar unseres Papa bemerkt und sich ihre Gedanken gemacht. In der Stadt war Jahrmarkt, und wir durften mit. Jedes bekam zwei Mark, mit denen man nach eigener Wahl etwas unternehmen konnte. Hedwig kaufte für ihre zwei Mark eine Flasche Haarwuchsmittel, das ein Marktschreier als »sensationelles Mittel« überzeugend ausrief. Papa sollte nicht vollends kahl werden, ihm sollten wieder »Federn« wachsen. Als aber kein weiteres Härchen zu sprießen begann, mußte er ihre großen Kullertränen trocknen: »Brauchscht koi Sorg hon, wege wenig Hoor ischt ma it alt und mueß sterbe: Ming Glatze kommt doch bloß vom Stahlhelm im Krieg!«

Die »Oberschule für Mädchen«

Mein Vater schickte mich angeblich deshalb aufs Gymnasium nach Ravensburg, weil ich oft »romjammerte: Was soll i tue?« Aber die Eltern waren inzwischen auch so gut situiert, daß sie sich diesen Luxus leisten konnten, sogar bei einem Mädchen. Mutters nie gestillter eigener Bildungshunger dürfte eine wichtige Rolle bei diesem Entschluß der Eltern gespielt haben. Lehrer Sökler wurde nicht eigentlich nach seiner Meinung gefragt, sondern nur um ein Schulzeugnis angegangen, weil ein solches bis dahin noch nie ausgestellt worden war. Meine Eltern wußten, daß ich in der Schule »mei Sach« konnte. Mit einem Jahr Internatsaufenthalt der beiden ältesten Töchter hatte man nach deren Schulentlassung aus der Volksschule den Anfang mit der »höheren Bildung« für die Kinder gemacht. Hilde und Rese waren damals ganz tapfer von zu Hause in die Fremde gezogen, ins »Klösterle« nach Ravensburg, zehn Kilometer weit weg. »Was glaubst, wie oft Rese und ich nachts in die Bettbezüge geweint haben, obwohl alles recht war«, gestand Hilde später. Einmal wurde »a Klösterles-Schwester« aber doch auf Reses versteckte Tränen aufmerksam: »Was ist los, wo fehlt's denn?« fragte sie teilnahmsvoll. »Mei Matratz hot soo a große Dalle in der Mitte!« schluchzte sie, nach einer Ausrede suchend. Anderntags war eine neue Matratze in ihrem Bett und das Heimweh weg.

Die ganze Belegschaft des Internats, etwa 30 junge Mädchen und ihre Schwestern-Lehrerinnen samt der Präfektin, besuchten uns eines Tages, um bei der Käseherstellung zuzusehen. Selbstverständlich sollten sie anschließend bewirtet werden. Mama und unsere Magd waren damit beschäftigt, genügend Sitzgelegenheiten vorzubereiten. Man überlegte hin und her (die vierjährige Lisa stand dabei), welchen Stuhl man der ziemlich korpulenten Schwester Präfektin anbieten sollte, »und daß mr se au gnug äschdemiered!« Man entschied sich für den größten und breitesten Sessel, einen, der beiderseits Armlehnen hatte. Als sich dann Schwester Präfektin zwischen die Armlehnen zwängte, hörte man deutlich Klein-Lisas laut gedachte Feststellung: »Paßt grad!«

Das Postauto, mit dem ich täglich zur Schule fuhr, war nie voll besetzt, höchstens mal am Markttag, sehr oft jedoch war ich der einzige Fahrgast, besonders im Sommer, wenn alles bei der Ernte war. Dann wartete der freundliche Chauffeur auf das kleine Mädchen, wenn es sich verspätet hatte. Eine Zeitlang bedrängte mich immer das Gefühl, die vorüberziehenden Bäume oder die großen und die kleinen weißen, mit schwarzen Zahlen bedeckten Kilometersteine abwarten zu müssen, um sie zu zählen. So unangenehm diese zwanghafte Beschäftigung auch war, ich vergaß darüber wenigstens, daß ich den Schutz meines Vaters entbehrte: Am ersten Schultag hatte er mich nach Ravensburg kutschiert und mich von meiner zukünftigen Bushaltestelle zur Schule begleitet, um mir die ungefährlichsten Straßenübergänge (es gab noch keine Ampeln) zu zeigen. Den Zwang habe ich bald überwunden und konnte mich wieder freundlich an den ersten Schultag erinnern: Wie froh war ich gewesen, daß Vater mich nicht allein losschickte und sich trotz seiner vielen Arbeit die Zeit nahm, mitzukommen. Ich fühlte seine Augen – und ich weiß das noch sehr deutlich – mit liebevollem Ernst auf mir ruhen und spürte in diesem Blick seine Erwartung, daß ich die Schule gut machen werde. Und ich glaube, alles, was ich später an innerer Kraft besaß, hatte in vielen ähnlichen kleinen, oft wortlosen Episoden im Zusammenhang mit Vater und Mutter seinen Ursprung.

Ein Mann vieler Worte war unser Vater nie, und großer Worte schon gar nicht; zurückhaltend, ruhig überlegend brachte er seine Meinung vor, die aber bestimmend sein konnte und keinen Widerspruch aufkommen ließ. Ob als Gemeinderat oder als Schöffe beim Gericht, er hielt mit seiner Ansicht nicht hinterm Berg. Oft war er auch sehr direkt und von seltsamer Logik: Hedwig und ich hatten zu Weihnachten silberne Fingerringe bekommen, Lisa ein anderes Geschenk. Lisa protestierte: »I will au an Fingerring!« Und Papa antwortete ihr: »Zu was brauchst du en Ring, du spielscht doch Orgel!«

Sein »altwaldburgerischer«, für Fremde nur schwer verständlicher Dialekt hat mich manchmal geniert, besonders als der Landwirtschaftsminister in Kofeld zu Besuch war. Den störte es aber offensichtlich nicht. ›Meine Cousine wurde gestern beerdigt‹ hörte sich bei meinem Vater so an: »Ming Bäsle hot mr giescht (gestern) vergrabe!« Oder: ›Hat dir jemand etwas angetan?‹ hieß: »Hot dir ebber ebbes dong?« Wenn Papa sagte: »Komm, sei g'stäädt!« würde ein Hannoveraner sagen: »Bitte, Kind, beruhige dich doch!« Und was er seine Töchter, eine genaue Antwort erwartend, oft strengen Blickes fragte, war: »Wenn bischt näht huikumme, sind'r selbander gsi?« (näht = nächtens; selbander = mehrere zusammen). »Dia bringed's zu nix, dia hostubed[1] z'viel!« war eine seiner sprichwörtlichen Weisheiten.

In der Stadt und in der großen Schule fühlte ich mich anfangs sehr fremd. Die Kameradinnen waren viel gewandter und beredter. Sie machten Knickse vor der Lehrerin, wenn sie sich verabschiedeten, und hatten Bubiköpfe. Das Mädchen vom Lande aber trug lange Zöpfe mit Zopfmaschen, ein weißes, bunt besticktes Schürzchen über dem Kleid, hielt sich

1 abgeleitet von Hochstube, einer guten Stube, in der man Besucher empfing und sich, anstatt zu arbeiten, mit ihnen unterhielt.

zurück und redete nur, wenn es etwas gefragt wurde. Fräulein Reber, die Klassenlehrerin, hat sich immer in besonderer Weise um mich gekümmert und mich doch einmal beschämt. Eines Tages erklärte sie der Klasse den Begriff »adrett«: »Ein Mädchen ist z. B. adrett, wenn es ein sauberes, weißes Schürzchen trägt. Ich sehe es gerne, wenn Mädchen Schürzchen tragen!« Dabei deutete sie auf mich. Ich fühlte alle Blicke auf mir und erst jetzt bemerkte ich, daß ich die einzige mit Schürze war; Schamgefühl beschlich mich, und die Schürzen blieben von jetzt an in der Kommode.

Meine Mathematiklehrerin, Fräulein Zimmer, fragte mich einmal, ob wir denn zu Hause auch schon zu Weihnachten gebacken hätten? »Ja.« Sie fragte weiter: »Was denn?« und ich antwortete nach kurzer Überlegung: »Halt Bächtlå und Lezelte!« »Bächtlå und Lezelte« war der schwäbisch-ländliche Sammelausdruck fürs Weihnachtsgebäck; sie fand ihn so originell, daß sie sich lange darüber aufhielt, was mich aber sehr genierte. Ich versuchte immer mehr, mich vom oberschwäbischen ländlichen auf den oberschwäbischen städtischen Dialekt umzustellen. Ich konnte nicht so bleiben, wie ich eigentlich war. Der ursprünglichen Art wurden die Flügel gestutzt. Ich verlor meine Unbefangenheit.

Die Schule war zwar keine Nebensache, aber längst nicht alles in meinem Kinderleben. Gewiß, die französischen Vokabeln mußten gelernt werden, die Aufgaben wurden kontrolliert, es waren Klassenarbeiten zu schreiben und ich freute mich, wenn Fräulein Reber mir eine große Null über die »mots«, die Wörterarbeiten, malte, was 0 Fehler bedeutete. Zur Belohnung gab es nach zehn solcher Nullen ein Scherenschnittmärchenbild. Aber trotzdem ging das alles so nebenher.

Bei der Hitlerjugend

eingespannt für Führer, Volk und Vaterland

Mit elf Jahren lernte ich vor Autoritäten Knickse machen, aber auch das Marschieren im Gleichschritt (Abb. 17) und die ersten Lieder der Hitlerjugend. Adolf Hitler war inzwischen seit drei Jahren Reichskanzler, und die Verhetzung der Jugend wirkte sich in vollem Umfang aus. Kollektiv wurden »zu Führers Geburtstag« ganze Jahrgänge in die Hitlerjugendorganisationen aufgenommen.

Der »Dienst« der Kinder, Singen und Marschieren, bereitete mir Spaß. Hier wurde zudem viel Sport getrieben, und Sport war ein weiteres Lieblingsfach; ich freute mich über Auszeichnungen in der Leichtathletik und im Schwimmen[1]. Aber ohne die geringste Menschenkenntnis und ohne auf den Text der Lieder zu achten, sangen wir die Hymne des Dritten Reiches: »Deutschland über alles!«, das Horst-Wessel-Lied: »Die Fahne hoch, die Reihen dicht geschlossen!« oder: »Wenn alle untreu werden, so bleiben wir doch treu« mit dem Feuereifer unserer zehn Jahre.

Und keiner war da, der uns den Text einmal analysieren ließ. Keiner war da, der uns den »Führer« entmythologisierte und uns den Hitler zeigte. Wie konnte es nur geschehen, daß wir Mädchen singend-marschierend in die Gegend brüllten: »Volk, ans Gewehr!« oder »Es zittern die morschen Knochen der Welt vor dem roten Krieg... wir werden weiter marschie-

1 Unter nicht gerade hervorragenden Bedingungen starteten wir Kofelder Kinder eine Eigenausbildung: Der nächstgelegene Badesee war mehr als fünf km entfernt, zu Fuß und selbst mit dem Fahrrad weit weg. Aber beim Bauern Kleiner in Bach gab es einen geräumigen Enten- und Gänseweiher; der reichte uns vollkommen aus.

ren, bis alles in Scherben fällt, denn heute gehört uns Deutschland und morgen die ganze Welt!«

Die Meinung und das oft energische Veto der Eltern hatte gegenüber dem täglichen Einfluß von Schule und Dienst nicht genug Gewicht. In diesem Alter konnten wir uns noch nicht zwischen zwei Welten entscheiden; und wenn die Eltern dem BDM-Dienst ihrer Kinder mißtrauisch gegenüber standen, so waren sie doch stolz auf mich, wenn ich oftmals als kleines Mädchen, wie z. B. am 9. November 1935, auserkoren wurde, zum Heldengedenktag am Kriegerdenkmal ein Gedicht vorzutragen (ich kenne den Verfasser nicht, aber ich kann es noch immer auswendig):

Ich trat vor ein Soldatengrab
und sprach zur Erde tief hinab:
»Mein stiller, grauer Bruder du,
das Danken läßt uns keine Ruh!
Willst du ein Bild aus Erz und Stein?
Willst einen grünen Heldenhain?«

Und alsobald aus Grabesgrund
ward mir des Bruders Antwort kund:
»Wir sanken hin für Deutschlands Glanz,
blüh, Deutschland, uns als Totenkranz.

Der Bruder, der den Acker pflügt,
ist mir ein Denkmal wohlgefügt,
die Mutter, die ihr Kindlein hegt,
ein Blümlein überm Grab mir pflegt.
Die Büblein schlank,
die Dirnlein rank
blühn mir als Totengärtlein Dank.
Blüh, Deutschland, überm Grabe mein,
jung, stark und schön als Heldenhain!«

Begeisterungsfähig wie ich war, habe ich meine ganze Empfindung in Ausdruck und Darbietung gelegt. Tränen des Mitgefühls – so glaubte ich – sah ich in den Augen der Zuhörer und wertete sie als ein Zeichen meines guten Vortrags.

Daß der Marienplatz in Ravensburg in »Adolf-Hitler-Platz« umbenannt wurde und daß dort eines Morgens die Schaufenster des Kaufhauses Woolworth (schwäbisch: Wollwert) und der Geschäfte Knopf und Rosendahl kaputtgeschlagen waren, nahm ich nur am Rande wahr; das war nicht meine Sache, obwohl ich Papa damals sagen hörte: »Des ischt a Schweinerei! So goht ma it mit de Leit und em Sach um! Do siehscht doch scho, was des fir Kerle sind!«

Da war auch noch der Verkauf von Abzeichen, bei dem wir Kinder eingesetzt wurden: Stoffblümchen, bunte Fähnchen, Metallbroschen, später kleine Schnitzereien aus dem Erzgebirge waren von uns an den Mann zu bringen. Der Erlös sollte dem Winterhilfswerk (WHW), Kraft durch Freude (KdF), Mutter und Kind, der Kinderlandverschickung, der Nationalsozialistischen Volkswohlfahrt (NSV) zugute kommen. Wir haben die Dinge mit Ausdauer verkauft, wie der Lehrer es von uns erwartete; und was hätten wir eigentlich für einen Grund gehabt, nicht an gute Zwecke zu glauben?

Eines Tages fand Mama in ihrer Schreibtischschublade ziemlich viel Münzgeld und konnte sich dies nicht erklären. »Wo kommt denn des Geld her? Mang, wieso tuest du 's Wechselgeld it in de Kasseschrank?« Eine Antwort von Papa erübrigte sich, als die vierjährige Lisa stolz verkündete: »Des hon i g'sammelt fürs WeHaWe!« Die Sammlerei war so selbstverständlich geworden, daß das Kind, einem Nachahmungstrieb folgend, spontan »fürs WHW« sammeln gegangen war. Mama hatte das Vergnügen, das Geld zusammen mit Lisa wieder in die Häuser zurückzutragen.

Auch Bodnegg hatte schon in frühen Jahren seinen politischen Kampf. Für uns Kinder nicht verständlich sprachen die Großen hinter vorgehaltener Hand. Sinnierend stand ich manchmal vor dem Granitstein an der Straßenkreuzung Ravensburg–Wangen. Die Inschrift lautete:

... von Mörderhand erschossen am ... 1929

»Des hot en Rote tue«, hörte ich sagen. Kommunisten und Nationalsozialisten waren sich spinnefeind, so viel war mir klar.

Es war auch die Rede davon, daß »d' Naze« in einem abgelegenen Schuppen Zusammenkünfte abhalten würden und dort Gewehre bereithielten.

Am 30. Januar 1933 saß Unterlehrer B. auf der vordersten Schülerbank, ein Bein hochgezogen, mit dem andern sich am Boden leicht abstützend. Er lehnte sich rückwärts gegen die Wand und erzählte uns Zweitklässlern von dem Mann namens Hitler: »... und so hat Hindenburg schließlich gesagt, es ist wohl das beste, wenn jetzt endlich Adolf Hitler die Regierung in die Hände nimmt.« Sehr weihevoll sagte er das, und wir nahmen es auch genau so auf; im Schulzimmer war es mucksmäuschenstill.

Viele Leute glaubten an den Faschismus als eine gute Sache, waren begeistert. Hitler versprach Arbeit und Brot. Er gab sich stark und bekämpfte die unbeliebten Kommunisten. Daß er den Juden nicht sonderlich gut gesonnen schien, störte vorerst nur wenige. Die Juden mochte man auch nicht gut leiden, da hörte ich viel von »Wucherzinsen«. Unser Vater ließ sich 1934 überreden, in die SA einzutreten, ging zweimal zum »Dienst«, trat aber nach vier Monaten wieder aus, weil ihm »dia Leit, die do vorne dra sind«, nicht gefielen. Nach seiner Meinung waren es »lauter verkrachte Existenze und Prolete«: »Die sind niats und hont niats und möget niats tue, bloß andere romkommadiere!« Er war nie mehr dazu zu bewegen, noch einmal dorthin zu gehen.

Noch lange war nicht deutlich geworden, was später offen zutage trat: In seinen ersten großen Reden verwandte Hitler eine Fülle religiöser Floskeln (solche Andeutungen wirkten sogar auf meine Eltern vertrauenerweckend); er sprach vom »Segen des Allmächtigen«, der über »seiner guten Sache« sei, und er gelobte »Gott, seinem Gewissen und dem Volk«, seine Mission entschlossen und beharrlich zu erfüllen, nämlich wirtschaftliche Last und Arbeitslosigkeit zu beseitigen. Man traute ihm durchaus die Fähigkeit zu, das deutsche Volk aus seiner, wie er immer betonte, ihm im Versailler Vertrag aufgebürdeten Schmach und Not zu befreien.

Einige Dinge ließen unseren Vater aber schon damals hellhörig werden: Hitlers durchaus spürbare Mißachtung anderer Völker, sein Haß auf die Juden, sein Annexionsdrang. »Des ischt glaub i an ganz g'waltdätiger Kerle; der hot jo de Größewahn!« stellte Papa einmal fest, stand während einer Radio-»Führerrede« abrupt vom Stuhl auf und ging an seine Arbeit in der Käserei. Als Hitler im Laufe der Jahre zwar viel vom Frieden sprach, aber zum Krieg drängte, als eines Tages auch in Bodnegg über KZ-Lager getuschelt wurde und einige Bodnegger und der Waldburger Pfarrer verhaftet wurden, wußte er, daß sein Gefühl ihn nicht betrogen hatte. Trotzdem hoffte er im Grunde, der Hitler sei besser, als er sich tagtäglich gab. Aber Papa bangte bereits drei Jahre nach der Machtübernahme ernstlich um den europäischen Frieden. Und die Sorge spitzte sich mit jeder von Hitler verursachten Eskalation mehr und mehr zu. Ich weiß noch genau: Während der Krise um die Tschechoslowakei, 1938, saß ich mit Bangen und Bauchweh vor unserem Radio am Boden, Papa auf einem Stuhl daneben. Seinem Gesichtsausdruck konnte ich entnehmen, wie ernst er die Lage einschätzte. Wenn er, ganz nach vorne gebeugt, sein Ohr aufmerksam an den Lautsprecher hielt, aus dem Hitlers harte, sich manchmal überschlagende Stimme beschwörend erscholl, verdeutlichte mir seine Haltung vollends, daß er Böses ahnte.

In späteren Jahren, vor allem während des Krieges, verstärkten sich die staatlichen Kontrollen in der Käserei Kofeld, und Vater wußte, sollte das Geringste an der Betriebsführung oder der Sauberkeit und Hygiene in der Käserei auszusetzen sein, würde sein Betrieb an die Omira in Ravensburg oder einen Großbetrieb in Wangen übergehen. »Se hont nix finde könne.«, sagte er dann am Abend zur Mutter. »Aber jedesmol hoißt's am Schluß g'walttätig: »Und warum sind Sie nicht in der Partei?« und denn woiß i so guet wie nix zum Sage.« Ich weiß nicht, was für Ausreden er hervorbrachte, aber passiert ist nichts; wenigstens konnte er vorweisen, daß drei der Töchter im BDM, bei den Jungmädeln, organisiert waren.

Die Obrigkeitshörigkeit und die Kritiklosigkeit, in der früher die Erwachsenen lebten und in der auch wir Kinder erzogen wurden, erleichterten die Sache der Partei erheblich. Die Erziehung in der Schule tat das übrige. In meiner noch aus der Schulzeit stammenden Zeichenmappe fand ich folgende von mir in Klassenarbeiten mit Tuschefeder angefertigte Schriftbilder. Die Texte waren vorgegeben, sie und die Ideologie sind bezeichnend für die Erziehungsrichtung der damaligen Zeit:

TREUE IN DER GESINNUNG BEDEUTET UNBEDINGTEN GEHORSAM, DER NICHT FRÄGT NACH DEM NUTZEN DES BEFEHLS, DER NICHT FRÄGT NACH DEN GRÜNDEN DES BEFEHLS, SONDERN DER GEHORCHT UM DES GEHORSAMS WILLEN. RUDOLF HESS

Oder das andere, etwa zwei Jahre später:

Was kann einem Volke geschehen
dessen Jugend auf alles verzichtet
um seinem großen Ideale zu dienen.

Durch besondere Leistungen im Sport war ich aufgefallen. Daß ich dazu auch noch auf die Oberschule ging, kameradschaftlich aufgeschlossen war und lange, blonde Zöpfe trug, war Grund genug, an mich die Leitung einer Jungmädelgruppe heranzutragen. Die Eltern lehnten dies ab, und ich war hin und her gerissen. Einerseits reizte es mich, mich mit einer Schar junger Mädchen zu umgeben, andererseits begann ich jetzt mit 14 Jahren kritisch zu denken. Mama empfahl: »Frog halt amol de Pfarrer, was de tue sollst«, in der Annahme, er werde mir strikt abraten. Aber Pfarrer Hildebrand meinte, es wäre ihm gar nicht so unrecht, wenn ich zusagte. Wörtlich: »Dir kann man die Mädchen überlassen, deine Einstellung ist in Ordnung. Wir müssen sehen, daß wir den anderen nicht überall das ganze Feld überlassen.«

Ich habe die mir anvertraute Gruppe aber nach einem Jahr wieder aufgegeben mit der Begründung, daß ich wegen der schulischen Anforderungen keine Zeit mehr hätte. In Wirklichkeit war mir schnell mein jugendlicher Idealismus vergangen, weil ich oft wegen ganz banaler Dinge mit »Ranghöheren« in Streit geriet. Sie mochten mich nicht besonders. Sie mochten es auch nicht, wenn man Fragen stellte und sie keine Antwort wußten.

Krieg und Nachkriegszeit

Angst, SS und Galgen

Böse Gerüchte gingen 1940/41 um: Die Bodnegger Heil- und Pflegeanstalt in Rosenharz und die Anstalten Liebenau und Weissenau seien geräumt worden. Die dort untergebrachten debilen Kinder sowie alle geistig und körperlich behinderten Menschen waren nach den Rassegesetzen als »menschenunwürdiges Leben« und im Krieg als »unnütze Esser« zu betrachten.

Otto Deutschle, der Omnibuschauffeur, mit dem ich täglich zur Schule fuhr, wurde beauftragt, diese Leute an einen bestimmten Ort zu bringen. Ich frage ihn: »Wohin?« Er tut so, als ob er meine Frage nicht gehört habe. Ich bohre weiter: »Stimmt des, daß ma si umbringe will?« Da dreht er sich um: »Laß mi bloß in Ru'e. I derf nix sage! Glaubscht i will ins Loch!« Nach einer solchen Antwort traute ich mich nicht mehr, weitere Fragen zu stellen. Ich wußte ja, daß der Hummel vom Baltersberg abgeholt worden war, nur weil er in einer Wirtschaft verlauten ließ: »Den Hitler sollt mr doch grad ung'spitzt in Boda nei haua!« War es feige, wenn die Leute die Augen schlossen, einfach nicht hinsahen; wenn ein Bodnegger nach einem Jahr KZ kein Wort darüber herausbrachte, was dort vor sich gegangen war? (Er war so verängstigt, daß er nach dem Krieg auch eine »Wiedergutmachung« ablehnte.)

Lähmend lag der Krieg über uns allen. Trotz der anfänglichen Siegesmeldungen – mit Goebbel'scher Propaganda über »Volksempfänger« dem deutschen Volk verkündet – konnte keiner mehr richtig froh werden. Lustbarkeiten und Tanz gab es seit langem nicht mehr. Die Frauen und Mütter von

Bodnegg arbeiteten schwer auf ihren Höfen. Männer und Söhne fehlten, waren an der Front. Die gefürchteten Schrekkensmeldungen häuften sich: »In treuer Pflichterfüllung gefallen für Führer, Volk und Vaterland!« Meine Vettern Josef und Alfons waren darunter und Georg, der Bruder meiner Freundin, von unseren drei Nachbarsbuben auch der Gebhard; der Alfred wird vermißt, Egglers Söhne geraten in russische Gefangenschaft.

Ein paar Wochen vor seiner Todesnachricht schrieb Georg von der russischen Front am Dnjepr an seine Schwester: »Wir liegen schon lange im Freien nur notdürftig geschützt in einem Schneeloch, bei minus 40 Grad. Viele haben die Ruhr; auch ich. Wenn ich Posten stehe, gefriert mir der Durchfall an Hosen und Beine...« Als ich das lese, überkommt mich ein großes Mitleid, weil ich weiß, daß Georg nicht übertreibt. Und plötzlich schäme ich mich meiner Frage, die ich als Zehnjährige am Kriegerdenkmal stellte: »...Willst du ein Bild aus Erz und Stein, willst einen grünen Heldenhain?«

Lebensmittelkarten

Die zugeteilten Rationen, die man mit Lebensmittelkarten erstehen kann, werden immer mehr gekürzt. In den Städten ist die Nahrungsmittelnot ungleich größer. Immer mehr Menschen versuchen, Mehl, Fett, Eier und Kartoffeln bei der Landbevölkerung gegen Dinge, die sie entbehren können, einzutauschen. Täglich stehen Leute vor der Käserei und fragen nach Butter und Käse. Sie bezahlen und fühlen sich doch als Bettler.

Wenn die Stücke auch immer kleiner werden, Vater schickt nie einen weg. Mama stöhnt: »Wie soll i d' Punktabrechnung nagriege, wenn du so viel »ohne« hergibscht?« »I ka dia Leit it ohne en Bisse wegschicke, weil ich woiß, daß se Hunger hont!« erwidert er klar und bestimmt. Und Mama mogelt weiter: »Hoffentlich merkt des auf'm Rothaus koiner! Sonst mueß i womegle no ins Gefängnis!«

Zu dieser Zeit fragt Tante Rosa unseren Vater, ob er nicht einen Missionsbruder in der Herstellung von Käse ausbilden könne. Papa willigt ein, obwohl ihm durchaus klar ist, was es bedeutet, wenn eine Behörde davon Wind bekäme.

Der junge Mann stammte aus dem Allgäu, lebte bereits mehrere Jahre in einer Missionsniederlassung in der Nähe von Bari (Brasilien) und war, um das Käsen zu lernen, nach Hause geschickt worden. Niemand wollte sich bereit erklären, ihn aufzunehmen, denn Kirche, Klöster und der Klerus rangierten in der Verfolgung bei den politischen Machthabern gleich hinter den Juden und Zigeunern.

Dieser Klosterbruder lernte nun zwei Monate lang in unserer Käserei und gehörte in dieser Zeit zur Familie. Kein Außenstehender wußte davon. Wir mochten ihn gerne, er war immer zu Späßen aufgelegt. Ich erinnere mich noch, wie wir Kinder eines Abends Tränen lachen mußten, als er unsere Malhefte begutachtete und sehr lustig kommentierte. (Diese Malhefte waren ein wichtiges Utensil unserer Freizeit gewesen, als wir noch klein waren. Alle möglichen Begebenheiten des Alltags waren darin festgehalten, wie sie ein Kinderauge sieht.)

Anderntags standen plötzlich zwei Uniformierte in der Käserei: »Betriebskontrolle« – wie immer unangemeldet. Der Klosterbruder ist nicht mehr zu verstecken, und Vater muß den Dingen ihren Lauf lassen. Mitten im Krieg ein verhältnismäßig junger Mann, der nicht im Feld, sondern zu Hause ist? Das mußte ja auffallen! Die Männer sind beim Käs-Schmieren im Keller, Bruder Franz in einer nicht besonders gut ausgeleuchteten Ecke. Als er Stimmen hört, beugt er sich tief über seine Arbeit. Die Kontrolleure stecken ihre Nase in jeden Winkel, fragen meinen Vater dies und das, aber – o Wunder – entgegen ihrer sonstigen Gewohnheit sprechen sie keinen der

Arbeitenden an, beachten sie gar nicht. Und keiner merkt Vater seine Beklemmung an. Ob sie wohl alle für ausländische Deportierte und Kriegsgefangene gehalten haben, mit denen zu reden unter ihrer Würde lag? Nur so konnten wir uns unser Glück erklären.

Es ist ein Sonntag im Oktober 1942: Unser Lastwagen, mit dem täglich die Milch bei den Bauern geholt wurde – nur noch wenige brachten sie selbst zur Käserei – ist für die Wehrmacht beschlagnahmt worden. Ein Bauer mit Traktor und Anhänger muß die Milchfuhren machen. Vater fährt mit, damit der Bauer den Weg findet. Die Straße ist holprig, und unversehens löst sich der Beifahrersitz, rutscht ab, und Papa wird von Vorder- und Hinterrad des nachfolgenden, schwer beladenen Anhängers überrollt. Trotzdem steht er sofort wieder auf, ruft dem Bauern, der in der Dunkelheit gar nichts bemerkt hat, zu, er solle anhalten und läuft dem Gefährt nach. »Was hoscht denn du für a G'lump, d'r ganz Sitz ischt wegg'floge!« stöhnt er vorwurfsvoll. Im nächsten Haus gibt man dem zitternden Verletzten eine Decke; er setzt sich auf den Anhänger zu den Kannen und fährt trotz seiner Schmerzen die ganze Strecke noch mit, bis er zu Hause zusammenbricht. Helfer vom Roten Kreuz tragen ihn auf einer Bahre aus dem Haus. Ich kann meine kindliche Not nicht schildern. Mein Hals war wie zugeschnürt.

In unserer guten Stube stand ein festlich gedeckter Tisch bereit, denn unsere Hilde wollte an eben diesem Sonntag, da ihr Hans gerade auf Heimaturlaub weilte, Verlobung feiern; aber keiner konnte einen Bissen von dem guten Essen anrühren. Stumm, mit Tränen in den Augen saßen wir herum und warteten auf Nachricht aus dem Krankenhaus.

In einer Operation wurde die völlig zerquetschte Milz entfernt; glücklicherweise war nur dieses Organ betroffen. Schon nach wenigen Wochen arbeitete Papa wieder wie früher.

Hildes Verlobter, Hans Bernhart, mußte am nächsten Tag wieder zurück zur Truppe, fuhr lange, lange gen Osten, wo er seine Kameraden wußte, direkt in die zuschnappende Falle bei Stalingrad. Vater hatte ihm Tage zuvor zugeredet, sich wegen seines Durchfalls in Ravensburg im Lazarett zu melden. Aber er meinte: Ob früher oder später, i mueß jo doch wieder in den Schlamassel, und wenn's hart wird, denn bin i am liebste bei meine alte Kamerade!« Hans kam nie mehr wieder. Wie viele andere junge Bodnegger ist er mit der 6. Armee im Kessel von Stalingrad dem Wahnsinn Hitlers geopfert worden. Vermißt! Vermißt bedeutete nicht, sich mit dem Tod nach einiger Zeit abfinden zu können, sondern Hoffnung und Schmerz wurden in dauerndem Wechsel immer wieder neu aufgewühlt.

Hans war einer der letzten Söhne einer Mutter, die neun Kinder geboren hatte und Witwe war. Einige waren an Kinderkrankheiten gestorben oder verunglückt, und die drei letzten in Rußland vermißt, verteilt auf die lange Ostfront: Gebhard im mittleren Frontabschnitt, Hans in Stalingrad und zur gleichen Zeit im Kaukasus sein Bruder Ludwig, der als Kompaniechef noch ein Jahr zuvor wegen seiner hohen Tapferkeitsauszeichnung – dem Deutschen Kreuz in Gold – in der Gemeinde Bodnegg gefeiert und geehrt worden war. Er hatte seine Kompanie durch eigenen Einsatz vor schweren Verlusten bewahrt. Bei den Feierlichkeiten suchten wir vergeblich nach einem Lächeln auf seinem Gesicht. In Rußland hatte er es verlernt. Als gar noch zu nächtlicher Stunde – er kehrte gerade, »über Eck«, weil's da näher war, von einem Besuch bei Freunden heim – ein hysterischer Wachmann auf ihn schoß, weil dieser einen Gefangenen oder Deserteur vor sich wähnte, war er deprimiert und resigniert wieder an die Front gefahren. Als ihre drei letzten Söhne vermißt gemeldet waren, wichen die Tränen nicht mehr aus den Augen dieser Frau: ein Jahr danach schloß sie sie für immer.

Wie sehr die Bevölkerung mit den Soldaten in Rußland litt und wie viele einfache Menschen, trotz ihres Unvermögens, zu helfen wünschten, geht aus dem folgenden kleinen Erlebnis hervor: 1942 wird eine Volksopfersammlung für die Armeen im Osten durchgeführt. Die Leute geben alles, was sie an warmen Kleidungsstücken, Decken und Mänteln entbehren können. Ich helfe mit beim Sammeln. Die Ärmsten der Armen geben am meisten, so auch Kimmerles Wieb; sie bringt ihren einzigen Pelz aus jungen Tagen, ein Cape, kaum getragen – wann auch? »Nimm en no dazue, Agnes, vielleicht mueß oin Soldat weniger verfriere!« Ich glaube, sie besaß keinen anderen Mantel. Nur Kinder und naive, herzensgute Erwachsene konnten daran glauben, daß dem großen Heer im weiten, eisigen Rußland ein paar Kleidungsstücke helfen würden.

Die Versorgung der Käserei mit Arbeitskräften hat unseren Vater schon zu Anfang des Krieges manch schlaflose Nacht gekostet. »Wer soll bloß die viel Mill verschaffe?« Jeder von den mühsam gefundenen Hilfskräften war alsbald wieder eingezogen worden. Als er mit nur mehr einem jungen Burschen und einem französischen Kriegsgefangenen dastand, erklärte sich unsere Rese bereit, ihren Beruf als Kindergärtnerin aufzugeben und in der Käserei bei der schweren Arbeit zu helfen. »Als lebenswichtiger Betrieb erhalten Sie ab sofort 2 Arbeiter zugeteilt«, schrieb uns das Bürgermeisteramt Bodnegg eines Tages: »einen kriegsgefangenen Russen und einen zivildeportierten Mann aus Serbien.« Der Serbe Martin, Kaminfeger von Beruf, durfte im Haus wohnen; der Russe wurde täglich von seinem Lager im »Engel« in Bodnegg von einem Wachmann mit geschultertem Karabiner in einstündigem Fußmarsch zusammen mit anderen Gefangenen zur Arbeit gebracht und abends wieder abgeholt.

Später holte Vater noch einen jungen Slowenen aus einem

Durchgangslager in Weingarten. Die Lagerleitung hatte ihn angewiesen, sich eine brauchbare Kraft aus der Schar alter Männer, Frauen und Kinder auszusuchen: »I bin mr vorkomme wi en Sklavekäufer«, sagte er traurig zu uns. Ein 14jähriger Bursche erschien ihm nach einigem Suchen kräftig genug. Im Büro händigte eine Frau ihm einen Zettel mit Namen und Geburtstag aus. Carle, so hieß er, winkte seiner Mutter[1] noch einmal zu und ging mit. Gepäck war keines zu tragen.

»O jemineh, was bringst mr denn do?!« rief Mama dem Papa zu. So einen zerlumpten Jungen hatten wir noch nie gesehen. Hosen und Kittel waren von undefinierbarer Farbe, sein Strickschal hatte Löcher, die schwarze Schildmütze hing ihm tief ins Gesicht, sie war viel zu groß, und aus seinen ausgelatschten Pantinen schauten Fußlappen, steif vor Dreck. Scheu saß der Junge in unserer Büro-Stube auf der Holzkiste neben dem Ofen und mußte sich von uns anstarren lassen; mißtrauisch, fast feindselig schaute er nach uns und wiederholte immer wieder die gleichen Worte in seiner Muttersprache. Er zuckte die Achseln, zeigte auf seine Füße und konnte nicht fassen, warum wir seine mit Anstrengung deutlich artikulierten Worte nicht verstanden. Wir waren ratlos: »Was will er denn?« »I glaub, er will sage, daß er wege seine dreckige Füeß nix drfür kenn!« meinte Hedwig, und Mama entschied: »Z'erst amol in d' Badwann mit em! Agnes, laß Wasser ei'laufe!« Mamas Initiative griff auf uns über. Wir durchstöberten Papas Schrank und Kommode nach Männerkleidung. Alles war viel zu groß. Es war sinnlos, in irgendwelchen anderen Schränken nachzusehen, da gab's nur Mäd-

1 Bis Ende des Krieges konnte er seine Mutter im Lager Weingarten besuchen. Er hat nach Kriegsende noch ein Jahr bei uns gearbeitet und sich dann verabschiedet, um in seine Heimat zurückzukehren.

chensachen. Also setzte sich Rese an die Nähmaschine, nähte und schnitt ab und nähte wieder, bis die Stücke nach unserer Ansicht einigermaßen paßten. Die ganze Zeit über mußte der Slowenenbub im Wasser sitzen. Danach aber, angetan mit diesen immer noch etwas zu weiten Hosen und dem gestreiften Flanellhemd, kam langsam ein breiter werdendes Lachen in sein Gesicht, besonders, als seine Füße in warmen Wollsocken staken und er seine stinkenden Fußlappen in den Ofen wandern sah. Jetzt nickte er bei allem, was wir sagten, obwohl nun er nichts verstand.

Bei unserem Nachbarn Marschall, der alle drei Söhne an die Front geben mußte, arbeitete Leonid, ein polnischer Zwangsarbeiter, nebenan noch ein Russe. In unseren drei Häusern gab es also fünf Nationalitäten, von denen keiner des anderen Sprache verstand, denn auch der Serbe konnte sich nicht mit dem Slowenen unterhalten, und die beiden Russen kamen aus ganz verschiedenen Gegenden ihres weiten Landes.

Je länger der Krieg dauerte, desto mehr mußten die Menschen ihre Bedürfnisse einschränken, und desto mehr Sorgen und Lasten bedrückten auch die Landbevölkerung. Zwar hatten wir die Bombenangriffe nur aus der Ferne miterlebt, wenn wir nachts, durch das Auf und Ab der heulenden Sirenen geweckt, schlaftrunken und ängstlich das tiefe, schwere Brummen der Bomberverbände über uns vernahmen. Alle Fenster waren mit dichten Läden oder Schwarzpapier verdunkelt, damit kein Schein nach außen drang. Nur vom Kirchberg in Bodnegg aus konnten wir Lichter sehen, drüben über dem Bodensee: die Lichter der Schweiz. Oft erschien es uns wie das gelobte Land. Die großen Luftangriffe auf Friedrichshafen, in dem die Alliierten die Entwicklung und Herstellung der V2 vermuteten und wo die Dornierwerke lagen, konnten wir hören und auch etwas davon sehen, denn die feindlichen Flugzeuge setzten, um ihr Ziel bei Nacht zu markieren, viele Phosphorkaskaden wie brennende

Christbäume an den Himmel, die sich langsam nach unten senkten.

Wir, die wir auf dem Lande wohnten, mußten zwar manche Unannehmlichkeit in Kauf nehmen, aber unser Leben war nicht direkt bedroht. Eine Beschwernis für mich bestand darin, daß der Postomnibus Ravensburg–Wangen schon gleich zu Beginn des Krieges seine Fahrt auf täglich einmal reduzierte, und dies zu einer so ungünstigen Zeit, daß wir zwei Schüler – inzwischen war auch unsere Hedwig in der Oberschule – ihn nicht mehr benutzen konnten. Unser Busanmarschweg ging daher bis nach Bodnegg zur Haltestelle Lachen und war auf 4 km angewachsen. Zudem fuhr dieser Bus der Arbeiter wegen schon früh um 6.15 Uhr. Im Sommer konnte der Weg bis zur Haltestelle mühelos mit den Fahrrädern bewältigt werden. Wegen der schlechten Bereifung gab es zwar öfters mal einen Plattfuß, doch den flickten wir eben. Nach einem weiteren Kilometer montierten wir stöhnend die Kette neu auf. Man gewöhnte sich dran.

Im Winter aber begann jeder Schultag mit einer Strapaze: Spätestens um 5 Uhr in der Frühe hieß es aufstehen. Auch wenn nach frischgefallenem Schnee der Weg noch ungebahnt war, wir stapften – in oft schadhaften Schuhen – durch die Schneewehen. Ob der eisige Nordostwind uns ins Gesicht fegte oder das Tauwetter die ganze Straße in eine Eisbahn verwandelte, jeden Morgen brachten wir diesen Weg nach Lachen bei Dunkelheit hinter uns.

Von dort aus fuhr der Omnibus bis Kriegsende zuverlässig nach Ravensburg; die letzten beiden Jahre war er auf Holzvergasung umgestellt. Mit entsprechend geringer PS-Zahl bewältigte das schon klapprig gewordene Gefährt die ansteigenden Strecken nur mühsam.

Einmal verpaßten Hedwig und ich die Abfahrt in Ravensburg: »Do vorne beim G'fängnis biegt er grad ums Eck!« sagt uns jemand, der unsere entsetzten Mienen beobachtet hatte.

Abends um sechs vom letzten Bus nur noch das Schlußlicht zu sehen, ist ein fatales Gefühl. »Komm, auf, bis in Knollegrabe gohts bergauf, vielleicht kriege mr en no!« dachte ich laut und zerrte meine Schwester mit; zwei Kilometer weit war er uns stets eine Straßenbiegung voraus, fuhr aber sichtlich immer mühsamer. Der Bus war überfüllt, wie bei jeder Fahrt, der Gastreibstoff reichte nicht mehr aus, und der Chauffeur mußte in Schornreute nachschüren; da hatten wir ihn erwischt, zwängten uns ins Innere und hatten die nächsten acht Kilometer Zeit, uns zu verschnaufen.

Selbstverständlich hätten die Eltern uns in Ravensburg ein Zimmer gemietet; zeitweise nahmen wir dieses Angebot auch wahr. Die Leute nahmen uns gern auf. Nicht nur wegen der Bezahlung, sondern weil wir Käsertöchter waren. Das Geld wurde immer wertloser, und außerdem konnte man nichts kaufen. Nur Lebensmittel, Kleidung und Schuhe waren gefragt. Illusorische Wünsche! Jeder mußte sich mit alten Klamotten behelfen, und man hatte Glück, wenn man eine Näherin fand, die etwas nach Wunsch umänderte – für Geld, das nichts wert war. Fast zehn Jahre lang blieb das so.

Die letzten beiden Kriegsjahre litt der Unterricht in der Schule wegen des Lehrermangels und verlor an Bedeutung. Wir Schüler fühlten uns dadurch nicht beeinträchtigt. Die verbliebenen Lehrer, meist weiblich, stöhnten unter den vielen Überstunden. In den Schulgebäuden fehlten im Winter die Kohlen zum Heizen. Was tun? Die Schüler wurden nur noch einmal wöchentlich für zwei Stunden in das kalte Klassenzimmer beordert, um Unterrichtsstoff und Hausaufgaben entgegenzunehmen. Eine Woche später brachten wir unsere Werke zurück. Ob die Lehrer sie jemals korrigiert hatten? Wegen des Kohlenmangels konnten Hedwig und ich zwei dieser Kriegswinter den für uns strapaziösen Anmarschwegen zur Schule einigermaßen entgehen.

Achtmal wurde ich wegen der Bombengefahr für die

großen Schulgebäude im letzten Kriegsjahr zur Brandwache eingeteilt. Man erteilte uns eine kurze Instruktion über die verschiedenen Bombenarten und wie sie gelöscht werden sollten; die Ausrüstung bestand in einigen Eimern Sand, ein paar Schaufeln und in leeren Klassenzimmern aufgestellten, doppelstockigen Feldbetten. Die Schule bei Nacht, leer und leblos, hohl hallend, bedroht von Bombern, wirkte unheimlich, machte Angst. In den Sommerferien wurden die älteren Schüler zur Hilfe in Kindergärten, Säuglingsheimen, bei kinderreichen Familien und zur Erntehilfe bei den Bauern verpflichtet, unentgeltlich, jedes Jahr an einen anderen Ort.

Im Sommer 1942 eröffnete man mir in der Schule: »Agnes, Sie arbeiten vier Wochen in einem Kinderlandverschickungslager in Wangen im Allgäu.«

In dieses Lager waren Kinder aus bombardierten Großstädten evakuiert, und ich verbrachte meine Ferien in der Küche des Hotels »Zur alten Post«, in dem das Lager eingerichtet war, mit Kartoffelschälen, Gemüseputzen und Geschirrspülen. Die Kinder wurden von zwei 19jährigen HJ-Führern betreut.

Beide interessierten sich sogleich für das blonde Mädchen in der Küche. Einer der beiden gefiel mir, der Gerd Hoffmann. Er war zwar nicht so hübsch wie sein Kamerad, der Werner, aber entschieden intelligenter. Ich sonnte mich in dem Gefühl, daß sich beide um mich bemühten. Werner lud mich zum Schiffschaukel- und Karusselfahren ein, da gerade Sommerfest war, mit Gerd unternahm ich an einem freien Nachmittag einen Spaziergang in ein nahes Kaffee, wo er mir mit seinen Brotmarken ein Stück Kuchen spendierte. Er erzählte von zu Hause, und es klang Heimweh durch. Nach seinem Notabitur war er zwischenzeitlich, bis zu seiner Einberufung, die er täglich erwartete, nach Wangen dienstverpflichtet. Er las mir aus einem Brief seiner Mutter vor: »Unser Günther (sein einziger Bruder) ist gefallen. Es ist ein furchtbarer Schmerz, ich weiß, besonders auch für Dich... Dein Vater sagt, wenn die Russen kommen, werden wir fliehen müssen und alles liegen und stehen lassen, das Vieh, die Pferde, das Haus und die Ställe, und sie werden uns unsere Heimat nie mehr zurückgeben...«

Gerd weinte. Als ich schüchtern-tröstend seine Hand streichelte, ließen die Tränen nach. Wir gewannen Vertrauen zueinander, sprachen unsere geheimsten Gedanken aus und spürten glücklich eine aufkeimende Zuneigung. Als Werner anderntags erfuhr, daß Gerd mit mir ausgegangen war, begann er, wohl eifersüchtig geworden, Gerds Sachen durchzustöbern und in seinem Tagebuch zu blättern.

Auf einer der Seiten hatte Gerd vermerkt: »Ich verstehe Werner nicht, wie er von Hitler begeistert sein kann. Werner, ein armer Irrer!« O Gerd, wie konntest du nur – vertrauensvoll, daß keiner dich verrate – so etwas zu Papier bringen!

Der arme Irre hatte nichts Eiligeres zu tun, als das Tagebuch zu stehlen und Meldung zu erstatten. Beamte der Geheimen Staatspolizei kamen. Ein langes Verhör gab es nicht, das »Verbrechen« lag ja offen zutage. Auch ich wurde hereingerufen: »Du hast dich mit Gerd Hoffmann angefreundet?« lautete die erste Frage.

»Ja.«

»Du hast dich gestern mit ihm unterhalten?«

»Ja.«

»Worüber habt ihr gesprochen? Über unsern Führer? Sag die Wahrheit!«

»Ich erinnere mich an keine Äußerung über den Führer. Wir sind verliebt und haben eben ein wenig geschmust (einer grinst) und uns von unseren Angehörigen erzählt. Sonst nichts.«

»Sonst nichts?« Jetzt half nur weiterlügen: »Nein«. Kurze Pause. Sie schienen mir zu glauben. Der Grinsende nickte und sagte dann rasch: »Du kannst vorerst wieder in die Küche gehen! Du hörst dann von uns.« Klopfenden Herzens ging ich durch die Tür. Ich hatte Angst: Was werden sie aus Gerd herausholen? Meine Hände zitterten beim Gelberübenschaben, und niemand sprach ein Wort. Nach einer langen Viertelstunde ging draußen eine Tür. Ein Küchenmädchen flüsterte mir zu: »Do unde ganged se; Menschenskind, se nehmed de Gerd mit!«

Ich glaube, daß ich damals um Haaresbreite einer Verhaftung entgangen bin und dieses Glück nur dem Umstand zu verdanken habe, daß Gerd, um mich zu schützen, sich instinktiv im Verhör ähnlich wie ich geäußert hatte. Ich habe nach diesem Ereignis kein Wort mehr mit Werner (seinen Nachnamen wußte ich nie) gesprochen, aber ich traute mich auch nicht, ihn wegen seiner Niedertracht zur Rede zu stellen. Der Gedanke, daß ich durch mein anfängliches Schäkern mit beiden auch schuldig geworden war, kam mir erst später. Von Gerd kam nach zwei Tagen eine Karte: »Ich werde versetzt, nach Schloß Grafeneck.« Ich schrieb nach Grafeneck, an die angegebene Adresse, bekam aber nie Antwort. Ich war traurig, dachte aber nicht sehr viel darüber nach. Probleme wälzen lag mir nicht; ich war eher leichtfertig, ein Schmetterling. Nach dem Krieg habe ich erfahren, daß es ein Konzentrationslager »Grafeneck« gab. War es dasselbe Grafeneck?

Ein Jahr später – ich war inzwischen 18 Jahre alt und trug immer noch meine Zöpfe – gehörte meine Zuneigung einem 20jährigen jungen Mann. Seine Familie war in Köln ausgebombt und nach Süddeutschland evakuiert worden. Im Bus begegneten wir uns täglich. Kein noch so schlechtes Wetter, Eis oder Schnee hielten ihn davon ab, mich am Abend den weiten Weg von der Haltestelle bis nach Kofeld zu begleiten, um dann wieder in entgegengesetzter Richtung heimzugehen. Ein bißchen Schule schwänzen und dafür lieber in der Frühjahrssonne den Nachmittag schmusend auf der Anlagenbank der Veitsburg zu verbringen, war schon manchmal drin. Wie hübsch klangen die Verse und Gedichtchen unserer Zuneigung mit all jenen köstlichen Nichtigkeiten, die für Verliebte die Welt bedeuten! Und schön war, daß er mir Jahre später einmal gestand: »Weißt du, ich find' et jut, dat unsere Beziehung die janze Zeit über so ›sauber‹ jeblieben ist.« Sexualität war noch ein Tabu, war in Filmen und Magazinen kein Thema wie heute, und niemand meinte, es sei normal oder gar notwendig, schon während der Schulzeit eine feste Bindung einzugehen.

Inzwischen war für mich die Zeit der Reifeprüfungsvorbereitung gekommen. In diesem letzten Winter ließ ich mich dazu überreden, daß die Eltern in der Seestraße 13 in Ravensburg bei älteren Damen, den »Merzle«, drei verarmten, ledigen Fabrikantentöchtern, die eine Pension betrieben, ein Zimmer mieteten.

Wie alle Abiturienten hatte ich in dieser Zeit die üblichen Nöte und Ängste zu überstehen, und man kann sich meine Freude vorstellen, als ich am 11. Februar 1944 mein Reifezeugnis in der Hand hielt.

Die Note, natürlich nicht in Dezimalen ausgerechnet, war zweitrangig. Das bestandene Abitur eröffnete den Weg zu jedem Studium, zu jedem Beruf. Ein Beruf für Mädchen war aber nicht sehr wichtig. Man studierte oder man heiratete, beides gleichzeitig zu tun, auf diesen Gedanken sind wir erst gar nicht gekommen.

Zuvor jedoch griff der Reichsarbeitsdienst nach uns. Schon acht Tage nach Abschluß der Schule, am 19. Februar 1944, hatte ich den Einberufungsbefehl zum RAD ins Lager Staufen i. Br. (Abb. 18), wo mich die Lagerleitung am 1. März erwartete. Viel mehr als zwei Wochen Pause waren uns nicht vergönnt. Die Umstellung kam für mich einer leichten Katastrophe gleich. Zuerst einmal tagelang Toiletten und Waschräume säubern, Holz sägen und aufspalten, es samt

Kohlen herbeischleppen, acht bis zehn Öfen anheizen und in Gang halten, mit einer Schapfe Güllengruben leeren, so verliefen die ersten sechs Wochen, vom Lagerleben und dem neuartigen Umgangston ganz zu schweigen. Meine Hände waren wie Reibeisen, die Führerinnen schroff und despotisch, die Baracken kalt und unfreundlich, die Kameradinnen anfangs fremd und unzugänglich für die neu angekommenen sechs Abiturienten.

Aber das Frühjahr kam mit Wärme und Sonnenschein, das Lager und das Lagerleben wurde ringsum freundlicher. Ich gewöhnte mich ein. Den Tagesablauf will ich kurz schildern: Früh um halb sechs sang die Gruppe des Frühdienstes ein Morgenlied vor den Schlafstuben. Das hat mir gefallen – auch wenn ich selber mit Frühdienst dran war. Weniger begeistert war ich vom »Antreten zum Frühsport« und der Morgentoilette mit eiskaltem Wasser, auch im Winter im ungeheizten Waschraum einer Nebenbaracke. Warmes Badewasser gab's nur mittwochs und Samstagabend. Anfangs rissen die Führerinnen mein mühsam gebautes Bett täglich wieder heraus mit der Aufforderung, es besser zu machen: Leintuch und Dekken ganz straff, der Strohsack viereckig wie ein großer Backstein. Je mehr ich das Stroh auflockerte, desto runder wurde mein Strohsack. Festgelegenes Stroh dagegen, merkte ich bald, blieb in Form, und die Liegekuhle konnte unter dem Leintuch mit dem Schlafanzug ausgefüllt werden. Von da an bot mein Bett das gewünschte Bild!

Wenn das Bett »gebaut« und die Stube gefegt war, kleideten wir uns in Uniform und traten im Kreis zum täglichen Fahnehissen um einen mitten im Lagerhof stehenden Mast an. Während zwei der Mädchen die Fahne hochzogen, standen die anderen stramm im Kreis, sangen ein vaterländisches Lied, blickten unverwandt der Fahne nach und hielten ihr zu Ehren den rechten Arm erhoben, bis sie oben an der Mastspitze flatterte und der letzte Ton des Liedes verklungen war. Das Ganze entbehrte nicht einer gewissen feierlichen Fahnengläubigkeit, war geradezu auf diesen Zweck abgestimmt.

Um 7 Uhr hörte man gemeinsam Nachrichten und erörterte sie; das Frühstück bestand regelmäßig aus schwarzem Malzkaffee und Marmeladebroten (sonntags gab's auch Butter). Am meisten störte mich das andauernde Umkleiden: erst Trainingsanzug, dann Uniform, dann Arbeitskleidung und wieder die Uniform. Dazwischen immer »Antreten!«, »Abzählen!«, »Antreten!«, »Meldung!« Dann wurden die Gruppen zum hauswirtschaftlichen Unterricht, zum politischen Unterricht, zum Singen und zur Information über unseren Einsatz in den Außendienststellen eingeteilt, in denen wir von 9 bis 16 Uhr arbeiteten. Für über 2 km lange Wegstrecken gab's Fahrräder. Nach allen Richtungen strömten die Mädchen (Maiden) auseinander: nach Bad Krozingen, nach Grunern, nach Sulzburg, ins Untermünstertal. Die Kleidung war uniformiert, einschließlich der Unterwäsche. Meist trugen wir jedoch unsere eigenen Höschen, die »Bunker« des RAD waren gar zu häßlich.

Den Außendienst verrichteten wir in kornblumenblauen, baumwollenen, kurzärmeligen Kleidern (Abb. 19), in der Taille hinten mit einer Schleife zusammengebunden, am Ausschnitt geziert mit der Brosche des Reichsarbeitsdienstes. Ein klatschmohnrotes Kopftuch, braune Halbschuhe für die Hausarbeit und schwarze Schnürschuhe für die Feldarbeit mit wollenen, grauen Socken ergänzten die Ausrüstung. Das war die Kluft, in der die 18 bis 20jährigen Mädchen sechs Monate lang ihren Dienst am Volk ableisteten (Taschengeld monatlich 6 RM).

Die Außendienststellen wechselten mindestens alle drei Wochen. Meine erste Stelle trat ich bei Familie Obert in Staufen an: zwei kleine Kinder, zwei Zicklein und zwei Rebengärten. Der Haushalt bereitete mir nicht viel Mühe;

anders dagegen das Rebenhacken am »Schloßberg der Fauststadt«. Der Rücken schmerzte, und es konnte unerträglich heiß sein. Ich hätte mich aber geschämt, nicht mit der Frau im gleichen Tempo in der Arbeit Schritt zu halten.

Uns Oberschülern fehlte im RAD die geistige Betätigung, für die wir Ersatz im Briefeschreiben fanden (Feldpost und RAD-Post war portofrei). Bei manchen meiner Kameradinnen entwickelten sich durch Feldpostadressen Brieffreundschaften. Die Ruine auf dem Schloßberg hat uns in einer Sommernacht dazu animiert, das Lager – natürlich verbotenerweise – zu verlassen und dort oben aus Goethes großem Drama die Walpurgisnacht und die Mephistoauftritte mit verteilten Rollen zu deklamieren. Das fanden wir »Klasse«. (Diesen Ausdruck gab's schon damals!)

Bald wurde ich in Bad Krozingen eingesetzt, als Hilfskraft in einem Bäckereiladen, weil die Frau des Bäckers für längere Zeit in einem Sanatorium lag. Laden, Haushalt, Garten und ein vierjähriger Junge hielten mich ganz schön in Trab. Der Mann war unausstehlich »grätig«, schielte und war voller Mißtrauen, daß das »Arbeitsmaidli« im Laden das Wechselgeld nicht richtig herausgebe. Erst als ich ihm sagte: »M'r hond dahoim au en Lade!« blieb er in seiner Backstube.

Nach einem weiteren Einsatz in einer Gärtnerei, in der ich zur Zeit der Pfirsich- und der Bohnenernte tätig war, mich entweder den ganzen Tag strecken oder den ganzen Tag bücken mußte, kam ich im Herbst zur Hilfe in eine Landwirtschaft. Der Bauer und sein Sohn waren an der Front, und so bemühte sich der alte Invalide Josef und die junge Polin Maria zusammen mit mir, das Getreide zu ernten.

Pünktlich um 16.30 Uhr kamen alle Mädchen ins Lager zurück, wuschen sich, fegten ihre Aluminiumwaschschüsseln wieder blank und zeigten auf Verlangen die geputzten Ackerschuhe. War eine Führerin pingelig oder schlecht gelaunt, ließ sie sich die genagelten Sohlenseiten der Schuhe zeigen und wies sie zurück, bis auch der letzte Krümel brauner Erde zwischen den Schuhnägeln entfernt war, was nur mit Hilfe einer Haarnadel gelang. Wasser anzuwenden war verboten, weil das Leder darunter litt. »Kampf dem Verderb« war ein allgegenwärtiges Schlagwort. Nach dem Abendessen kam um 20 Uhr der letzte Appell zum Einholen der Fahne, wobei sich die Zeremonie vom Morgen wiederholte. Von 21 Uhr an hatte Bettruhe zu herrschen und jede »Arbeitsmaid« auf ihrem Strohsack zu liegen.

Schön war in dieser RAD-Zeit das Erlebnis der Kameradschaft mit den aus allen Gegenden zusammengewürfelten und alle möglichen Dialekte sprechenden jungen Mädchen: Sie kamen aus Ostpreußen und der Ostmark (Österreich), von Elsaß-Lothringen, dem Sudeten- und dem Warthegau. Madeleine, Ginette, Françoise und Ilona konnten am Anfang kaum ein Wort deutsch. Ich lernte die gegenseitige Hilfsbereitschaft in kaum zu übertreffender Weise kennen, und wir vergnügten uns bei ausgiebigen Wanderungen im Münstertal und auf den Bergen des südlichen Schwarzwaldes, dem Belchen oder dem Schauinsland; 40 Kilometer am Tag schafften wir schon, auch wenn wir am andern Tag dann nur mühsam aus den Fallen kraxelten.

So lebte ich vom 1. März bis 1. September 1944. Nach Hause fahren durfte ich in dieser Zeit nie. Nur einer Kameradin, der Hanna, erlaubte man zur Beerdigung ihrer Eltern, die bei einem Fliegerangriff auf Friedrichshafen ums Leben gekommen waren, nach Hause zu reisen. Mein Arbeitsdienst wäre nach sechs Monaten erfüllt gewesen, aber wir wurden nicht entlassen. Täglich transportierte uns ein Lastwagen der Wehrmacht zum 15 km entfernten »Westwall« bei Griesheim. Zwischen dem Rhein und den Westwallbunkern sollten Schützengräben ausgehoben werden. Viel gearbeitet haben wir da nicht; meist lehnten wir am Schaufelstiel und schwatzten, um dann blitzschnell in den gegrabenen Löchern zu verschwinden, wenn feindliche Tiefflieger (Jabos) unsere Verteidigungsaktivitäten mit MGs zu stoppen versuchten. Soldaten sah ich in dieser Zeit am Westwall keine fünf, die Bunker waren leer, ohne jedes Geschütz.

Nach drei Wochen Schanzen hallte es eines Nachts plötzlich durch die Baracken: »Alles aufstehen, anziehen, fertig machen zum Abtransport! Ihr seid zum Kriegsdienst verpflichtet!« Was hatte man mit uns vor? Was verstanden ›sie‹ unter »Kriegsdienst«? Wo fuhren wir jetzt hin?

Eine Menge Fragen wurden gestellt, viele Möglichkeiten schwirrten durch die Lockenköpfe. Die Antwort war Achselzucken und die Gewißheit: Ob wir wollten oder nicht, wir mußten mit. Mit Marschgepäck ging es auf Militärlastwagen ab zum Bahnhof Krozingen. Der Zug blieb auf der Strecke stehen, Fliegeralarm, fuhr weiter, blieb wieder stehen, nochmal ein Angriff auf eine nahe Stadt. Gegen Morgen stiegen wir schläfrig aus. »Mannheim« ist am Bahnhof zu lesen. Die Stadt hatte eben wieder ein Bombardement hinter sich. Verzweifelte Menschen rannten auf den Straßen und suchten nach irgend jemand oder standen ratlos da und weinten, blickten auf die übermüdeten RAD-Mädchen und sahen wieder weg, sich ihrer eigenen Not zuwendend.

Der Bahnsteig war voll mit Soldaten. Müde und resigniert saßen sie auf ihren Tornistern. Wir bemerkten trotz allem sehr wohl ein gewisses Funkeln in ihren Augen, liebeshungrig sahen sie uns nach. Sie hatten lange keinen Heimaturlaub mehr, wurden von einem Frontabschnitt in den anderen geschoben. Es war Anfang Oktober 1944. Jeder fragte sich, wozu das alles noch gut war. Aber keiner sagte ein Wort, keiner traute sich, etwas zu sagen, keiner wollte auch der erste sein, der »Feigheit« zeigte oder schlapp machte – so sind wir zehn Jahre lang erzogen worden.

Einige Wochen hausten wir in einer leeren Schule in Ladenburg, aber Endstation war eine Kaserne in einem kleinen Kiefernwäldchen in Mannheim-Käfertal. Dort erlebte ich die ersten schweren Bombenangriffe. Wir saßen bebend vor Angst auf schmalen Holzbänken im Keller und versuchten stumm, uns durch gegenseitigen Händedruck Mut zuzusprechen, beim Explodieren der Bomben immer reflexartig den Kopf einziehend, dauernd die Furcht vor einem Volltreffer im Nacken. Welle um Welle warfen die Bomber ihre tödliche Ladung ab. Wir befanden uns in einem ganz gewöhnlichen Keller, keinem Bunker, und über uns wußten wir den Beton einer fünfstöckigen Kaserne.

Aber selbst der Lauf zum Luftschutzkeller wurde zur Routine. Die Ausbildung zur Mitarbeit in einer Flugabwehrbatterie, in Scheinwerferabteilungen und – wie ich und andere Abiturienten – am Funkmeßgerät (Abb. 20), dem damals modernsten elektronischen Gerät zum Erfassen der anfliegenden Verbände, ließen wir über uns ergehen. Wir lernten, mit bloßem Auge eine am Himmel fliegende Spitfire von einer Hurricane oder einer Messerschmitt (ME 109) zu unterscheiden, bedienten Feldfernsprecher, lernten das Morsealphabet, übten schnell notwendige Reparaturen an den Scheinwerfern auszuführen, zerlegten Waffen und setzten sie im Eiltempo wieder zusammen. Ich haßte diesen Einsatz. Als sich noch Schießübungen anschlossen, weil wir mit einer »08«, einer großen Pistole, bewaffnet wurden, versuchten es zwei meiner Kameradinnen und ich im geheimen mit einem »Hungerstreik« in der Hoffnung, ein bißchen krank und dann vielleicht entlassen zu werden. Wir taten dies nicht aus politischen und agitatorischen Gründen, solche Gedanken kamen uns schon gar nicht; aber schießen wollten wir nicht, wir wollten leben lassen und selber weiterleben. Der Widerstand lag in uns verborgen, konnte nicht nach außen dringen, wirkte lächerlich schwach, und das Ganze endete in einer Farce, da sich sowieso keiner um die seelische und körperliche Verfassung von uns Mädchen kümmerte.

Von November 1944 bis Ende März 1945 hausten wir in den Baracken im Lager Friedrichsfeld und leisteten den von uns erwarteten Einsatz: Bei Bombenangriffen auf den Großraum Mannheim–Ludwigshafen standen oder saßen oder lagen wir im Freien am *Fu-eM-Ge*[1]. Mit halbem Blick sah ich der Leuchtspur der explodierenden Flakgranaten nach, um mich herum die suchenden, sich am Himmel kreuzenden Lichtbalken unserer Scheinwerfer, manchmal dazwischen der Kometenschweif eines abstürzenden Bombers. Kaum einmal dachte ich daran, daß in diesen Bombern Menschen saßen, die, wenn wir genau arbeiteten, den sicheren Tod vor Augen hatten. Das da oben waren für mich feindliche Dinge, die uns ans Leben wollten. Der Einsatz wurde zur Notwehr. Wir versuchten, die Verbände auf dem Bildschirm genau zu erfassen, gaben die Werte mit dem Kehlkopfmikrophon in die »Malsi-Umwertung« der Flakbatterien weiter (ich weiß heute noch nicht, was das genau war), damit sie zielen und schießen konnten und die Feinde am weiteren Abwurf ihrer Bombenteppiche hinderten. Bei jeder Explosion einer Luftmine schnappte ich nach Luft wie ein auf dem Trockenen liegender Fisch.

Die Unterkunft in den Baracken war nicht komfortabel zu nennen: Die Strohsäcke auf den Feldbetten waren feucht, mich plagte Rheuma in Knie- und Schultergelenken. Das Heizmaterial holten wir uns aus dem nahen Wald. Drei Soldaten und ein Leutnant, die sich im Lager aufhielten, fällten Tannenbäume, wir zersägten sie mit großen Handwaldsägen und zogen die Rugel mühsam auf einem kleinen Rodelschlitten heim. Das Holz, grün und naß, wollte nicht brennen, der Ofen gab statt Wärme nur viel warmen Rauch ab. Kartoffeln und Rüben wurden, wenn überhaupt, erst nach sechs Stunden »Kochzeit« eßbar. Wir hielten uns an

1 Funkmeßgerät (Radarschirm)

unsere Brot- und Marmeladeration und an die Päckchen von zu Hause, falls noch welche ankamen[1]. Am besten schmeckte die Magermilch; die großen Kannen standen im Freien, und die Milch blieb dort im Januar und Februar in gefrorenem Zustand frisch. Humorvoll hackten wir mit einem Beil Stücke heraus und ließen sie im Topf auf dem Ofen schmelzen. Rauchige Magermilch schmeckte besser als halbgare, süß gewordene Kartoffeln.

Eines Tages bekam ein Maschinensatz eine Bombe ab, der Scheinwerfer war nicht mehr einsatzfähig. Eine Kameradin auf einem Einzelposten wurde getötet. Die Zahl der Fliegerangriffe mehrte sich, die Abwehr schrumpfte, die Flak hatte keine Munition mehr. Mit schwerem Herzen war ich froh darüber.

Die Front war sehr nahe gerückt. Nacht um Nacht hörten wir den Geschoßlärm näher kommen, fühlten uns immer hilfloser. Trotz allem ließen wir die Flügel nicht hängen; als Gruppe 20jähriger Mädchen gewannen wir dem Leben auch in den schlimmsten Lagen immer wieder eine gute Seite ab. Als wir Ende März Hals über Kopf zu Fuß auf die Reise geschickt wurden, sang Fine fröhlich: »...drum sag ich's noch einmal: Schön sind die Jugendjahr,... schön ist die Jugend, sie kommt nicht mehr!«

Die Alliierten hatten inzwischen die Rheinbrücke in Mannheim-Ludwigshafen überquert, und unsere Stellung mußte aufgegeben werden. »Die Front zieht sich zurück! Meldet euch mit dem gesamten Marschgepäck im RAD-Lager Eberbach/Odenwald, dort gibt es Verpflegung und weitere Anweisung. Die Strafe für Fahnenflucht ist euch bekannt!« Wir zogen in Gruppen zu vier und fünf Mädchen

1 Erstaunlicherweise kam ein Jahr nach Kriegsende ein an mich nach Mannheim-Friedrichsfeld unter meiner Feldpostnummer geschicktes Päckchen »zurück an den Absender«. Inhalt: Backsteinkäse.

ab, den Rucksack voller Klamotten; eine Wolldecke, das Eßgeschirr, ein Kochtopf und die Gasmaske hingen außen dran. Vier Tage brauchten wir bis Eberbach, weil wir – ohne Karte – die Richtung nicht ohne weiteres wußten. Von Eberbach schickten uns Führerinnen weiter nach Mosbach, von Mosbach nach Sinsheim. Keiner wußte mehr so richtig, wohin mit uns. Und dann sickerte durch: »Waldsee bei Ravensburg ist das nächste Auffanglager!« Ich fragte gar nicht mehr nach, ob ich richtig gehört hatte, packte meine Siebensachen, und ab ging's. Meine »Wandergruppe« kam gleich mit. Es ging in Richtung meiner Heimat, da war ich das Zugpferd!

Die Klamotten wurden in der nun folgenden Zeit der langen Fußmärsche verschenkt, das Reisegepäck nahm an Gewicht zusehends ab. Wozu die Kochtöpfe mitschleppen? Wir hatten nichts zu kochen! Am hellen Tag auf den Straßen voranzukommen war unmöglich. Die Truppen der zurückflutenden Front, die Troßzüge und die pferdegezogenen Rotkreuzwagen mit den Verwundeten wurden von den Jabos im Tiefflug beschossen; und so hielten wir es nicht für ratsam, uns dazwischen zu mischen. Die Tiefflieger feuerten auf alles, was sich bewegte; sie schossen beim Anflug vorne aus der Kanzel und beim Wegflug aus dem Heck. Soldaten, viele mit blutigen Verbänden, hinkten in der Nacht auf staubigen Straßen weiter. Bald schlossen wir uns einem solchen Trupp an, bald waren wir allein und suchten mit Hilfe von Streichhölzern nach Wegweisern. Jeden Morgen setzten wir uns bei Tagesanbruch erschöpft in irgendeiner Ortschaft vor irgendein Haus, in der Hoffnung, ein Bett oder eine Couch zum Schlafen und etwas zum Essen angeboten zu bekommen – nie vergeblich. Fast drei Wochen waren wir unterwegs, Hauptstraßen und Städte meidend, oft wieder rückwärts laufend, wenn wir uns verfehlt hatten. Einmal – völlig durcheinander gekommen – befanden wir uns unerwartet zwischen Panzern eines feindlichen Spähtrupps. Wir machten kehrt, die Panzer auch. Sie waren wohl genauso überrascht wie wir.

Am Ostersonntag 1945 hatten wir fünf (Brunhilde Abberger, die Schwestern Fine und Helene Bockers, Resi Nunnenmacher und ich) unerwartet Glück: Ein Fahrer eines Holzvergaser-LKWs hielt an und rief uns zu: »Wo na müssed'r denn? I gang nach Biberach. Wenn 'r wellet, kenned 'r mit hinte nuf; 's ziat halt a bißle.« Freudestrahlend klemmten wir uns zwischen die Holzbrennstoffsäcke hinters Führerhaus (beim Fahrer drin war's schon besetzt). Ängstlich suchten wir während der ganzen Fahrt den Himmel nach Jabos ab. Am Horizont flogen immer wieder welche, sie kamen aber Gott sei Dank nicht näher. In Biberach war es ruhig, fast friedlich. Die Glocken läuteten den Ostersonntag ein, dazwischen das Geheule der Sirenen, aber hier fielen keine Bomben. Um schlafen zu können, gingen wir ins Kino. Meine Augen, rot von einer Bindehautentzündung, brannten wie Feuer; dieser Schmerz weckte mich nach einem kurzen Nickerchen schon wieder. Die Augenlider klebten zu. Ich fühlte mich ganz zerschlagen; an den Füßen waren die Blasen aufgeplatzt, die Haare so zerzaust und staubig, daß der Kamm buchstäblich darin stecken blieb. Ein Trost: Biberach war nur noch 50 km von zu Hause. Meine Kameradinnen gingen von Waldsee in Richtung Leutkirch. »I komm später nach!« sagte ich ihnen, »erst will i a paar Tag hoim!«

Vier Monate hatten meine Eltern und Geschwister nicht mehr gewußt, wo ich mich befand. Sie atmeten auf, als ich mich telefonisch aus Biberach meldete: »Ein Schaffner am Bahnhof hat g'meint, daß vielleicht heut' abend irgendwann an Zug bis Ravensburg fährt, aber er sei scho pfropft voll. I woiß net, ob i do no neikomm!« Vater wartete mit zwei Fahrrädern am Ravensburger Bahnhof von abends 9 Uhr bis nachts um zwei. »Mein Gott, arms Kind, wia siehscht au aus! Ganz verwettert! I bin so froh, daß dr nix bassiert ischt!« Es war eine mondhelle Nacht, und auf dem Heimweg donnerten drei Tiefflieger die Straße entlang. Instinktiv sprang ich vom Rad und warf mich in den Straßengraben. Vater war ganz ruhig stehen geblieben, und als ich wieder hochkrabbelte, meinte er: »Hoscht wohl viel ausstande müsse, daß de so verschreckt bischt! Wege zwoi Leit schießet die doch ite!« Ich hatte es anders erlebt.

Ich mußte mich nochmals im Lager Leutkirch melden, aber als es von dort weiter nach Tirol gehen sollte, schwang ich mich auf mein Fahrrad, radelte heimwärts und brachte gleich meine drei Kameradinnen mit, die im Rheinland zu Hause waren. Wir hofften, daß in Tirol keiner mehr kontrollieren konnte, ob sich alle meldeten. Meine Eltern waren großzügig: »Wo solled die arme Mädle sonst bloß na?« Angst hatten wir schon ein bißchen wegen der »Fahnenflucht«. Dr. Schüle, unser Hausarzt aus Waldburg, schrieb vorsichtshalber Attests, nicht einmal gelogen, denn alle hatten wir Krankheitssymptome vorzuweisen. Das Gerücht ging später um, daß in den letzten Kriegswirren selbst »Arbeitsmaiden« wegen Fahnenflucht erschossen wurden. Ein konkreter Fall ist mir nicht bekannt.

Des großen Krieges letzte Tage

Hitlers »Befehl Nero«, seine letzte Anweisung aus dem Berliner Bunker, sollte das ganze Volk mit in den Untergang reißen, denn »es ist nicht wert, die Führung in Europa zu übernehmen«. Alle Fabriken und Maschinen, sämtliche Lebensmittelvorräte und alles behördliche Aktenmaterial sollten vor dem Einrücken der feindlichen Truppen vernichtet werden.

Dramatische Hochspannung herrschte daher im Rathaus in Bodnegg, denn auch hier waren in den vergangenen Jahren Dinge vorgefallen, die auf keinen Fall den Franzosen, den

Amerikanern oder gar den Russen aktenkundig werden sollten. So war ein junger kriegsgefangener Russe erschossen worden, weil er angeblich »etwas mit einer deutschen Frau gehabt« hatte (Rassenschande). Die Suche nach einem anderen russischen Gefangenen lief wochenlang, bis zum Kriegsende, auf Hochtouren. Weil ihm das gleiche Schicksal bevorstand, falls er gefunden werden sollte, hatte ihn ein junges Mädchen, Kramers Vevle, gut versteckt. Überall suchten die Häscher, nur nicht da, wo er war: unter dem Heuboden des russischen Gefangenenlagers im Gasthaus »Engel«. Zwei polnische Zwangsarbeiter waren schon zwei Jahre zuvor öffentlich an einem eigens aus Friedrichshafen herbeigebrachten Galgen hingerichtet worden, weil sie mit ihrem Bauern, wie man sagte, in Streit geraten waren. Alle ihre polnischen Landsleute, auch die Frauen und Mädchen, wurden gezwungen, die Hinrichtung mitanzusehen. Ich weiß noch genau, wie am Tag der Bekanntmachung des Urteils ein Schrecken über der Gemeinde hing. Im Wald oberhalb der Omnibushaltestelle Lachen, an der ich so oft wartete, war der Galgen aufgebaut. Fahrzeuge der Polizei und SS standen herum. Uniformierte bewegten sich wichtigtuend hin und her, grüßten zackig und schlugen die Hacken ihrer schwarzen Stiefel zusammen. Ich nahm mein Fahrrad aus dem Schuppen, und während ich heimradelte, rannen Tränen der Angst über mein Gesicht.

Eine der ersten in Bodnegg, die der Paragraph über »Rassenschande« getroffen hatte, war Josefine, ein etwa 20jähriges Mädchen. Der Behörde war gemeldet worden, sie sei in der Scheuer ihres Bauern mit dem dort beschäftigten Polen »ohne Hose« angetroffen worden. Josefine hatte, wie ich später im Sühneversuchsprotokoll im Rathaus nachlesen konnte, den Verlauf der Angelegenheit anders geschildert, doch ihr wurde nicht geglaubt. War die Meldung des Bauern Wichtigtuerei gewesen oder hatte er sich aus irgendwelchen

Gründen an ihr gerächt? Deutsche Mädchen, welche Gefallen an einem jungen Mann fanden, der Angehöriger eines anderen Volkes war, wurde der Kopf glattgeschoren, man setzte sie – so auch Josefine – auf einen offenen Leiterwagen, der mit Parolen wie »Polensau« und ähnlichen Hetztiraden behängt war, und fuhr sie durch die Straßen der Stadt Ravensburg. In den Standesamtsbüchern in Bodnegg ist nachzulesen, daß Josefine nach zwei Jahren im KZ Mauthausen II an »Lungentuberkulose« gestorben sei. Sie war nicht der einzige Einwohner Bodneggs, der in Mauthausen umkam; stereotyp war vom Lagerarzt jedesmal »Lungentuberkulose« als Todesursache gemeldet worden.

Keiner klagte nach dem Krieg die Denunziationen dieser Bodnegger Mitbürger an. Die »Aufrechterhaltung des Gemeindefriedens« war wichtiger. Diese Meinung vertrat auch die Geistlichkeit. Einer der an diesen Vorfällen Beteiligten wurde sogar zum Gemeinderat gewählt. Mein zweiter Mann[1] mußte von einem Versuch, solch ungerechtfertigte Auszeichnung rückgängig zu machen, nach einem Gespräch mit dem neuen Bürgermeister und einem Kriminalbeamten, den das Bürgermeisteramt eingeschaltet hatte, absehen. Die Fakten blieben ungeklärt, die Informationen widersprüchlich. Ereignisse der Hitlerzeit heute zu dokumentieren – so lange noch eigenes Erleben und Wissen aufzufinden sind – würde wahrscheinlich noch immer als »Unfrieden stiften«, gar als Gemeindepolitik verstanden und ausgelegt werden.

Vor Einzug der Franzosen wurden schriftliche Unterlagen aus den vergangenen Jahren und viele Notizen, die niemals bekannt werden sollten, vernichtet. Ein Feuer lohte auf der

1 Mein erster Mann, Rudolf Herrmann, war 1960 nach mehreren Operationen an einem Gehirntumor gestorben, nachdem er in einem erbittert geführten Bürgermeisterwahlkampf infolge seiner damals sich schon abzeichnenden Erkrankung unterlegen war.

Straße vor dem Spritzenhaus, und ausgerechnet die große Heizung des Backofens von Bäckermeister Fidel Stelzer wurde dazu auch in Anspruch genommen. Fidel Stelzer war ein Vetter unserer Mutter[1]. Er hatte in den dreißiger Jahren viel Mißachtung im Dorf von Seiten der damaligen Machthaber zu erdulden. In Bäckerei und Wohnung wurden die Fenster mit Steinen eingeworfen, und an der Ladentür stand »Judenknecht« geschrieben, weil er der Lehrersfamilie Schrempp in seinem Haus eine Mietwohnung überlassen hatte. Des Lehrers Frau war Halbjüdin, er selbst vom Dienst suspendiert, weil er sich geweigert hatte, seine Frau zu verlassen. Seinen knappen Lebensunterhalt verdiente er als Organist und Leiter des Kirchenchores, bis ihn auch hier seine Freunde – allen voran der sich bis aufs äußerste für ihn einsetzende Hermann Mayerhofer (Mayerhofer war deswegen selbst vorübergehend in Arrest) – nicht mehr schützen konnten. Schrempp zog mit Frau und Sohn von Bodnegg weg, nach Reibeisen, einem kleinen Ort in der Gemeinde Amtzell. In dieser Gemeinde wurde die Familie in Ruhe gelassen. Er fuhr von da an täglich mit dem Fahrrad 15 km weit nach Ravensburg und arbeitete bis Kriegsende als Hilfsarbeiter bei Escher Wyss, einer Schweizer Firma.

In meinem kleinen Heimatort herrschten in den letzten Kriegswochen Zustände, die mir im nachhinein das Blut in den Adern gefrieren lassen: Die zurückziehenden deutschen Truppen waren zwar müde, apathische Haufen, wurden aber immer noch von einem fanatischen Offizier oder einem SS-Mann angetrieben. Die Straße vor unserem Haus und die Wiesen glichen Ende April 1945 einem Heerlager. Die Soldaten hatten noch einzelne Autos, aber keine Geschütze mehr, geschweige denn Panzer, nur Karabiner, Pistolen, Gasmasken; kaum einmal sah ich ein Maschinengewehr oder eine

1 Er stammte wie unsere Großmutter auch aus Teschen.

Panzerfaust. Fahrzeugwracks säumten die Straßen. Drüben an der Hauptstraße Ravensburg–Wangen schossen Jabos unentwegt auf alles, was sich bewegte.

Ein Generalstab hatte sich für eine Nacht im Hause unserer Eltern einquartiert. Nur wenige Soldaten begleiteten die Offiziere. Der General wirkte müde, verschlossen. Sein linkes Bein war steif, und er hinkte. Ich begegnete ihm nachts auf dem Weg zur Toilette: Ein General in einem wadenlangen, weißen, geschlitzten Nachthemd, eine brennende Kerze in der Hand balancierend (es gab wieder mal keinen Strom), wirkte ein bißchen anders als einer in Uniform. In der Dunkelheit konnte er meine erstaunt-heitere Miene zum Glück nicht sehen. – »Sein Bursche mag en!« konstatierte mein Vater zufrieden; damit war für ihn schon klar, daß dieser General ein »rechter Mensch« sei. Wenn Papa mit dem General sprach, stand er stramm, zumindest äußerlich. »Das lebt wohl in Erinnerung an seine Soldatenzeit ganz automatisch wieder in ihm auf«, dachte ich mir und fand, daß es an meinem Papa komisch wirkte, wenn er »Jawoll, Herr General« sagte.

Tags darauf beobachtete ich, wie er und der General in unserer guten Stube etwas miteinander besprachen; beide verhielten sich dennoch vorsichtig und abtastend. Dann fällten Soldaten im Kofelder Wald mächtige Tannen und errichteten damit Straßensperren; alsbald zog der Stab mit seinen Leuten ab. Bereits am Nachmittag rückten aus Richtung Waldburg andere Truppen nach, kontrollierten die Sperren: Waffen-SS. Ein von Waldburg kommender Radfahrer sagte: »In Edensbach drüben sind zwei Soldaten an einem Baum erhängt worden, weil sie Zivilkleider im Tornister mitführten.« »Im Wald da hinten ist einer erschossen und verscharrt worden!« Keiner wußte warum, und keiner fragte nach den Gründen. Mit diesen Typen wollte sich keiner anlegen. Zum Glück war der junge deutsche Deserteur, den

Vater einige Zeit zuvor bei uns verborgen hatte, schon nach Hause (Ravensburg) entwichen.

In der Käserei waren zu dieser Zeit an männlichen Arbeitskräften außer meinem Vater und dem 15jährigen Slowenen nur noch ein 60jähriger Mann beschäftigt, der Josef Schenk, ein Kriegsversehrter aus dem Ersten Weltkrieg, ein fleißiger Arbeiter, wenn er auch manchmal »rappelte«. Schenk kam am Nachmittag dieses Tages, an dem die SS-Truppe in Kofeld lagerte, eben aus dem Keller von seiner Arbeit, sah die Soldaten und äußerte sich einem gegenüber, den er nicht sofort als SS-Mann erkannte: »Was welled ihr denn do no verhebe, ganget doch hoim! Der Krieg ischt doch verlore!«

Drei Minuten später war Schenk verhaftet, mußte, wie er gerade in seiner Arbeitskleidung dastand, mitkommen. Papa versuchte energisch, dem SS-Offizier klar zu machen: »Schenk hat vom letzte Krieg her no a Kugel im Kopf stecke, er ist it zurechnungsfähig, des woiß hier jeder! Den kenned Se doch it oifach verhafte!« Der Offizier schrie ihn an: »Es ist besser, Sie halten jetzt den Mund. Sonst nehm ich auch Sie mit!« Vater bebte vor Erregung, war aber jetzt still. Mutter sagte heiser: »Er ist jo hemdsärmelig und hot no nix z' obed g'esse!« Sie rannte in die Küche, holte ein Vesper und aus Schenks Zimmer einen Kittel für ihn. Sie wurde barsch abgewiesen: »Lassen Sie das, das braucht er nicht!«

Anderntags rief aus Siebratsreute, dem Heimatort unseres Vaters, der Wirt an und teilte uns mit, daß Schenk in seiner Scheuer am Abend erhängt worden sei. »Auf de Knie hot er um sei Lebe bittet!«

Am Garagentor unserer Käserei hing zu dieser Zeit ein Plakat:

Bekanntmachung

Der Feind versucht, die Bevölkerung zu veranlassen, das Schließen von Panzersperren zu verhindern. Ich mache mit allem Ernst darauf aufmerksam, daß jeder Versuch, die

Schließung einer Panzersperre zu verhindern, oder eine geschlossene Panzersperre wieder zu öffnen, auf der Stelle mit dem Tode bestraft wird. Ebenso wird mit dem Tode bestraft, wer eine weiße Fahne zeigt. Die Familie der Schuldigen hat außerdem drakonische Strafen zu erwarten.
Der Feind, der keine Rücksicht kennt, der erbarmungslos gegen die Zivilbevölkerung vorgeht, schont auch solche Ortschaften nicht, in die er freien Einzug hat. Was er aber fürchtet, ist unser erbitterter Widerstand. Männer, Frauen und Jugend müssen mit allen Mitteln der Wehrmacht helfen, den feindlichen Weitermarsch zu verhindern.

Stuttgart, den 12. April 1945

gez. Wilhelm Murr, Gauleiter
und Reichsverteidigungskommissar.

Kofeld lag jetzt genau zwischen den beiden Fronten. Ich muß schon sagen, der Mut unseres Vaters und der unseres Nachbarn Marschall ist zu bewundern, als sie in der Nacht, in der sie die SS-Truppen abgezogen wähnten, die Straßensperre beim Kofelder Wald beseitigten. Mit Marschalls großer Waldsäge arbeiteten sie die ganze Nacht und hatten beide nie ein Wort darüber verloren, auch nicht, als sie sich hätten damit rühmen können. Hatte sich Vater damals beim General informiert, wann der günstigste Moment für diese Aktion sei? Als ich ihn einmal fragte, hat er mir zustimmend zugeblinzelt.

Die Unruhe in der Bevölkerung wuchs in diesen Wochen täglich. Die Menschen waren zermürbt von den Tag und Nacht heulenden Sirenen. Die Angst vor Vergeltung durch die anrückenden Truppen wuchs sich zu krankhafter Panik aus, ausgelöst durch Hiobsbotschaften: Plünderungen, Massenmorde, Vergewaltigungen der Frauen durch die alliierten Soldaten gingen in Gesprächsfetzen rund.

Wir Mädchen in der Käserei Kofeld – es waren inclusive meiner Kameradinnen immerhin sieben – zerbrachen uns die Köpfe, wie wir uns verhalten wollten. Uns verstecken? Man würde uns bald finden. Uns häßlich und verwahrlost darstellen! Das würde uns kaum glaubhaft gelingen. Unsere Phantasie ging so weit, daß wir ernstlich erwogen, im nahen Eggenbuckel einen kleinen Stollen zu graben, um dort die ersten Tage, wenn nötig Wochen, zu verbringen. Wir mußten aber einsehen, daß die Zeit dazu nicht mehr ausreichte. Wir deponierten einige Lebensmittel – darunter eine große Schüssel gekochter Eier – im Keller, obwohl es uns an Nahrung wegen des dort lagernden Käses nie gefehlt hätte. Wir vergruben die wenigen wertvollen Gegenstände im Garten und scharrten alles am nächsten Tag wieder aus, weil uns die Sachen nicht genügend geschützt erschienen. Nur unser Silberbesteck und eine alte Münzensammlung unserer Mutter blieb einige Zeit unter der Erde. Wir hatten die Stelle mit einem Johannisbeerbusch überpflanzt, der wegen seiner herabhängenden Jungtriebe aber bald auffiel; kein Mensch hatte jedoch in diesen Tagen sein Augenmerk auf lahm hängende Blätter gerichtet, nur wir, die wir wußten, warum, konnten die Augen kaum von ihm wenden.

Und dann ging alles sehr schnell. Wir fanden keine Zeit mehr, uns irgendwohin zu flüchten. Es war Sonntag, der 29. April 1945. Ich hielt mich in der Küche auf, deren Fenster in Richtung der Landstraße nach Ravensburg zeigten, und bereitete das Mittagessen vor. Straßen und Felder waren an diesem Sonntagmorgen wie ausgestorben, als plötzlich aus der »Eggen« Motorenlärm erdröhnte. Panzer rollten aus dem Wald mit wehender Trikolore hervor. Sie hielten an, um die Lage zu sondieren, denn von hier ging der Blick über freies Gelände. Sie suchten nach Straßensperren, Hinterhalten, versteckten Minen. Frei und ungeschützt lagen die Häuser von Kofeld. »Hänged schnell a weißes Dischduech zum

Fenster naus!« rief Mama, und ich rannte zum Weißzeugschrank. Als ich damit ankam, rief mir Fine entgegen: »Dat brauchste nich mehr, se sin schon wieder losjefahre, da schieße se ooch nich mehr!«

Eine Kolonne französischer Panzer bog ab, zwei hielten vor unserem Haus; etwa zwanzig Soldaten, weiße und braune (Marokkaner), schwärmten in Käserei und Wohnung, einige kletterten direkt vom Turm des Panzers über die Veranda ins Wohnzimmer und ließen sich durch die Räume bis zum Dachboden führen; auch uns Mädchen wurde bedeutet, mitzukommen und Türen und Schränke zu öffnen. Ich war ganz zittrig und aufgeregt, brauchte aber zum Glück kein Wort meines zurechtgelegten Schulfranzösisch hervorzustottern. Die Soldaten verhielten sich mißtrauisch und kriegerisch-sachlich, aber keiner war bösartig.

Unserem Vater, der wie immer auch an diesem Sonntagvormittag in der Käserei arbeitete, wurde mit vorgehaltener MP befohlen, in den Keller voranzugehen. »Des war a ganz miserabels G'fühl, mit der Maschineg'wehrmündung im G'nick in de Keller 'nab z' müsse!« sagte er später. Wäre irgend etwas Verdächtiges entdeckt worden, hätte sich ein Soldat oder ein Fremder im Haus versteckt gehalten, was in den Wirren der letzten Tage durchaus möglich gewesen wäre, Vater hätte es als erster mit seinem Leben bezahlen müssen. So verrückt können die Umstände sein.

Die Soldaten plünderten nicht, sie nahmen nur die Schüssel mit den gekochten Eiern mit. Uns fiel nach und nach ein Stein vom Herzen. Verständnislos aber sahen wir zu, wie sie unsere zwei Rechenmaschinen, die wir doch dringend brauchten und der Sicherheit halber auch in den Keller gestellt hatten, unter den Panzerketten zermalmten. Die Marokkaner beseitigten so kurzerhand eine Unsicherheit, denn woher sollten sie auch Rechenmaschinen kennen? Zufrieden mit ihrem Werk, dröhnten sie davon.

Im sechs Kilometer weiter in Richtung Wangen entfernten Geiselharz hatte sich der uns schon bekannte SS-Trupp in den Häusern verschanzt. In einer Stunde war der Ort zerschossen und durch Brand vernichtet. Wir hörten das Donnern der Geschütze, sahen die Brandröte und dicken Qualm. In jedem Dorf wurden Besatzungstruppen zurückgelassen. Einen Tag danach, am 30. April 1945, als die letzte deutsche Stadt am Bodensee, Lindau, in französische Hand gelangte, brachte das Radio die Nachricht, daß sich Adolf Hitler in seinem Bunker in Berlin eine Kugel in den Kopf geschossen habe. Das Dritte Reich, das meine Jugendzeit geprägt und mich vom 14. bis zum 20. Lebensjahr so sehr belastet hatte, war zu Ende.

Der Krieg ist aus

Wir atmeten auf in dem Bewußtsein: Jetzt kann uns nichts mehr passieren, jetzt wird alles wieder besser; man kann es kaum erwarten.

Elend und Not aber wurden größer. Die Bevölkerung bekam zu spüren, was es heißt, einen Krieg zu verlieren. Auf einsamen Bauernhöfen wurde geplündert; nicht nur die fremde Besatzung, auch andere außer Rand und Band geratene Subjekte sahen ihre Chance und stahlen nicht nur Lebensmittel, sondern alles, was sie für ihren schwunghaften Schwarzhandel brauchen konnten. »Jetzt hot 's Pack 's Biwo!« [1] meinte Mama.

Eines Nachts weckte uns plötzlich ein unten aus der Käserei kommendes, zunächst undefinierbares Geräusch. Eiliges Getrappel wurde laut. Vater stand auf und ging runter. »Bleib lieber do, Mang, dia schießet womögle!« rief Mutter ihm ängstlich nach. Schon hörten wir einen Lastwa-

1 Biwo: Der Ursprung des Wortes ist mir nicht bekannt. Gemeint ist »die Oberhand haben«.

gen abfahren. Die Tür unseres Kesselhauses stand offen. Einige Zentner Butter und Käse fehlten. Das laute Geräusch war entstanden, als einer der Einbrecher noch schnell einen großen, breiten, ledernen Antriebsriemen mitzunehmen versuchte, den er durchschnitten hatte und der ihm aus Deckenhöhe auf den nassen Fliesenboden der Käserei geklatscht war. Wir standen ratlos in Nachtgewändern im Gang vor dem Telefon. Wen sollte man anrufen? Eine Verfolgung der Diebe war sinnlos (womit?), eine Meldung bei der Polizei war ebenfalls nicht möglich, denn es gab keine. Die Militärregierung nahm den Vorfall am andern Tag zur Kenntnis, tat aber nichts. Dort hatte keiner Lust, sich um solche Einbrüche zu kümmern; sie waren zu zahlreich, und jeder mußte sich selber helfen. Eine Bäuerin auf einem einsamen Hof löste das Problem auf ihre Weise: Als sie nächtlicherweise Schritte im Stall bemerkte, läutete sie kräftig mit einer neben ihrem Bett bereitgestellten großen Kuhglocke zum Fenster hinaus. Die überraschten Diebe verschwanden schleunigst.

Noch 1947 requirierten die Besatzungsmächte bei den Bauern Vieh gegen wertloses Geld. Getreide, Heu, Eier, Schweine, Kälber mußten abgeliefert werden. Man murrte, aber man gewöhnte sich daran. Engländer, Amerikaner und Franzosen verloren jedoch den Nimbus des »Gentleman«. Mein alter Gymnasialdirektor, Professor Dr. Bentele, brachte mir damals einige von ihm selbst verfaßte Verse, von denen einer lautet:

Sie nennen uns Verbrecher!
Ich glaube, ganz mit Recht!
Doch, sind es Gottes Rächer?
Ach nein, auch sie sind schlecht!

Im Sommer des Jahres 1945 halfen wir Töchter und meine RAD-Freundinnen in Haushalt und Büro und unterstützten unseren Vater in der Käserei bei der harten Arbeit. Täglich frühmorgens um halb sechs fuhren wir mit Pritschenwagen, die von Ochsen oder Kühen gezogen wurden, in verschiedene Richtungen los, um die milchgefüllten Kannen von den hölzernen Milchbänken der Bauern abzuholen und die mit Molke gefüllten dort abzustellen. Manch verständnisvoller Bauer stand wartend da, wenn ich ankam, und half mir beim Auf- bzw. Umladen der schweren 50-Liter-Kannen, obwohl ich es durch geschicktes Anpacken, einem gewissen »Vortel«, wie Papa es nannte, auch allein schaffte. Und sag mir keiner, ein Zugochse sei ein dummes Vieh. Mein »Molle« kannte den ganzen Weg mit jeder Biegung auswendig und hielt auch ohne mein Zutun an jeder Milchbank an. Ging auch die breite Straße geradeaus, der Molle bog von allein im richtigen Moment rechts oder links in den richtigen Nebenweg ein.

In der Kiesgrube in Dürrnast, wo mehrere Autowracks lagen, entdeckte Papa eines Tages einen hellgrauen LKW, von dem er glaubte, daß er noch zu reparieren sei. Da seine Pritsche niedrig lag, schien er ihm für die Milchkannen geeignet. Von diesen Karossen hatte sich kaum jemand etwas geholt – wozu auch? Es gab ja keinen Liter Benzin. Papa – in seiner redlichen Art – fragte den französischen Kommandanten um Erlaubnis zur Benützung des Fahrzeugs für Milchfuhren. Der Kommandant mußte sich wohl geschmeichelt gefühlt haben, denn von nun an unterstützte er unseren Betrieb merklich. Der LKW wurde repariert und der Käserei zur Verfügung gestellt. Wir erhielten – allerdings knapp bemessen – Benzinbezugsscheine.

Rese, Hedwig und Lisa arbeiteten beim Käsen und Buttern mit; Hilde war als Leiterin der Spar- und Darlehenskasse in Bodnegg nicht abkömmlich. Ihr Kollege, Anton Rist, war schon zu Beginn des Krieges gefallen. Rechnen war unserer Hilde in Fleisch und Blut übergegangen: Bei einer 20minütigen Operation hat sie die ganze Narkose durchgezählt, ohne einen Fehler zu machen: Sie kam bis auf 841 und erwachte an dem schallenden Gelächter von Dr. Kohler und der Schwester, die ihren Beruf kannten: »Jetzt versteh' i wenigstens, warum Sie in der Darlehenskass' nie en Fehler mached!«

Die in einer Käserei anfallende Arbeit belastete uns Mädchen auf die Dauer körperlich natürlich zu sehr, und nach einem halben Jahr flossen meine Tränen: Papa bekundete für meine Studiumswünsche zwar Verständnis, aber die Universitäten waren noch geschlossen. Und Mama sagte: »Wart no a Weile, bis es besser wird. Du hoscht doch niana ebbes reachts z' essed und koi warme Stub!« »G'walttätig« aber wollte ich eine andere Arbeit. Ich nahm an, was sich gerade bot, und sagte dem damaligen kommissarischen Bürgermeister Sauter zu, vom 1. September 1945 an im Rathaus in Bodnegg mitzuarbeiten – in der Führung des Standesamtes, des Rechnungswesens der Gemeinde, der Protokollführung, der Ausgabe von Bezugsscheinen für Bekleidung und der Bearbeitung des Ablieferungssolls der Bauern an die Besatzungsmacht und das deutsche Ernährungsamt. Er könne mich gut brauchen, sagte er, da ich in der Schule französisch gelernt hätte, aber mehr als 50 RM monatlich könne er mir nicht bezahlen. Ohne Gemeinderat sei er dazu nicht befugt, und einen Gemeinderat gäbe es noch nicht. »Macht nix!« sagte ich, Geld, wer braucht schon Geld?

Die bittenden Augen und Hände der Stadtbevölkerung riefen bei unserem Vater viel Mitgefühl hervor, und er half, wo er konnte. Durch Überlegungen und ein bißchen Zufall fand er heraus, daß sich durch Erhitzen der Molke mit heißem Dampf das darin noch enthaltene Eiweiß absondern ließ. »Des ischt jo fascht wie Quark!« stellte er fest. Eine Metzgerei in Ravensburg versuchte die Einarbeitung in die Wurst. Es schmeckte gut und nährte und sättigte vorzüglich. Keiner war verwöhnt, und der Stadtbevölkerung konnte dadurch Nahrung lebensmittelmarkenfrei oder zu halben Punkten angeboten werden. Der Hunger nahm dort immer schlimmere

Ausmaße an. »D'r Schotte ischt zwar a weng wässriger, aber d' Saue verhungered jo it!« sagte er sich, wenn ihn sein Gewissen ein wenig plagte, weil das Futter für die Schweine der Bauern etwas magerer geworden war.

Eine menschenwürdige Unterbringung der vielen Ausgebombten war dringend notwendig. Ganze Familien hausten in ein oder zwei Kammern in den Bauernhäusern. Sie waren Fremde für die Einheimischen, die, ans Alleinsein auf ihren Höfen gewohnt, oft auch eigenbrötlerisch geworden waren. Vielerorts, wo die Flüchtlingsfamilien in der gleichen Küche wie die Bauersfrau ihre Mahlzeiten bereiten mußten, gab es erbitterte Auseinandersetzungen. Da es auf Lebensmittelmarken viel zu wenig zu essen gab, fühlten sich die Landfrauen moralisch verpflichtet und genötigt, Lebensmittel abzugeben, mußten aber trotzdem ihr Ablieferungssoll erfüllen. Hie und da glaubten sie sich auch bestohlen. Es wohnten zwar eine Menge Menschen auf dem Land, trotzdem fehlte es an Arbeitskräften. Erhielten die Flüchtlinge Nahrungsmittel fürs Mitarbeiten, dann gab es keine Schwierigkeiten, jedoch waren, wie schon erwähnt, die Lebensmittel wegen der Ablieferungsbestimmungen selbst bei den Bauern nur in begrenztem Maße verfügbar.

Drei Jahre lang herrschten üble Zustände, und im Bürgermeisteramt gab es viele Versöhnungsversuche und Umquartierungen zu bearbeiten. Dann, im Juli 1948, leitete die erwartete Währungsreform endlich den wirtschaftlichen Aufschwung ein. Jeder Bürger, vom Säugling bis zum Greis, erhielt die gleiche Summe des neuen Geldes: 60 Deutsche Mark. Zwei Tage waren wir im Rathaus damit beschäftigt, die bunten, neuen Scheine an die Einwohner auszuhändigen. Die alten Reichsmarkscheine und -münzen wurden bei den Banken abgeliefert; knapp 10 % des früheren Wertes erhielt man zurück. Wer ein Grundstück besaß, kam am besten weg. Zwar wurde jeder Hausbesitz mit einem Lastenausgleich belegt, doch konnte man ihn in jahrelangen Raten abzahlen. Viele Schuldner sahen sich plötzlich ihrer Geldsorgen entledigt. Ein durch viel Arbeit und Fleiß erspartes Vermögen meiner Eltern, das in einem Bergwerk angelegt war, ging durch die Abgrenzung der deutschen Ostgebiete ersatzlos verloren. Mama empörte sich außerordentlich darüber: »Mir hont en Fehler g'macht, Mang: Schulde mache hätte mr solle, statt spare! Für de Staat gibts nix bessers, als viel dumme Leit, die schaffed und spared. Zwoi scheene Heiser hätte mr baue kenne ohne die Inflatione! D'r Wilhelm hot g'rad über d' Stroß rom g'rufe: ›Mir isch koin Pfennig verreckt, i hon's lieber vorher versoffe, ha-ha-ha!‹« Die Eltern hatten sich gefürchtet, »Schulde z'mache«; bei Papa löste die Erinnerung an die harte Zeit der hohen Zinssätze Schrecken aus. Ein großer Trost für sie war, daß sie durch den Krieg nur das Geld und nicht, wie viele andere, ihre Kinder verlieren mußten, und – sie begannen wieder von neuem zu sparen. Vater konnte an der Peripherie unseres Einzugsgebietes noch mehr Bauern für die Milchlieferung nach Kofeld gewinnen. In drei Richtungen fuhr jetzt morgens das Milchauto. Im Jahr 1950 belieferten etwa 90 Bauern die Käserei.

Ich arbeitete, obwohl die Universitäten mittlerweile ihren Lehrbetrieb wieder eröffnet hatten, immer noch an dem mir lieb gewordenen Platz im Rathaus. Hier hatte ich ein selbständiges Arbeitsfeld gefunden, das mir Freude bereitete, nicht zuletzt, weil sich ernsthafte Herzensbande knüpften: Ich hatte mich in meinen Chef verliebt, den Bürgermeister Rudolf Herrmann.

Als ich 1949 endgültig erwog, ein Studium zu beginnen, meinte er: »Was und wozu willst du eigentlich studiere, willst net lieber heiratė?« »Wen denn, es hot mi koiner g'frogt?« erwiderte ich verschmitzt. »Hier stoht z. B. oiner, der dich sehr, sehr gern weiter jeden Tag um sich hätt', und der sich sei Lebe gar nimme ohne dich vorstelle kann! Komm sag' jo'.

Mir baued uns amma schene Plätzle im Burneck a ›Hütte‹! Vergiß dei Studiererei!«

Und so hab ich's halt vergessen! 1950/51 haben wir in Bodnegg ein Haus gebaut und geheiratet. Es war in dem Jahr, als völlig unerwartet mein Vater starb.

Tod der Eltern

Und wieder ist ein Sonntag, Mitte Februar 1951. Vater ist zu einer Bauernversammlung nach Siebratsreute. Einen PKW besaßen wir nicht mehr; er war – nachdem er mangels Fahrgenehmigung ohne Räder im Schuppen gestanden hatte – von der französischen Besatzungsmacht requiriert worden. Die Benzinzuteilung für den Betrieb war immer noch rationiert, so daß Vater nicht mit dem Lastwagen, sondern mit dem Fahrrad zu dem sechs Kilometer entfernten Versammlungsort fuhr. Er wollte nicht mit dem Auto dort erscheinen, da auch keiner »seiner« Bauern motorisiert war.

Am Abend dieses Tages ruft der Schneider Eggler aus Waldburg an: »Der Mang ischt mit em Fahrrad auf ’re Eisplatt g’rutscht und g’stürzt!«[1] Rese, die unseren Lastwagen fahren kann, holt ihn ab und fährt ihn ins Krankenhaus nach Ravensburg. Dort stellt man einen Schenkelhalsbruch fest. Der Bruch wird versorgt, aber der Arzt ahnt nicht, daß auch noch eine andere Verletzung vorhanden ist. Fünf Tage lang merkt keiner der Mediziner, daß der Patient unter großen Schmerzen leidet. Er klagt ja nur mäßig, weil er dem »Doktor« vertraut; der müsse doch wissen, warum er sich so elend fühle, warum er sich tagelang erbrechen müsse, warum fünf Tage kein Stuhl abgehe, warum ihn der Bauch so schmerze.

Mama macht am Sonntag einen Besuch bei Vater im Josefskrankenhaus und ist entsetzt über seinen Zustand. Sofort verlangt sie den Arzt. Es ist im Moment keiner erreichbar. Aber sie gibt nicht nach und stöbert den Chefarzt

1 An dieser Stelle ist ein Gedenkstein errichtet.

auf. »Der Bauch ischt jo ganz hart, sehet ihr des denn ite?!« Jetzt rennt plötzlich alles und es wird unverzüglich operiert – zu spät. Ein Darmbrand ist sehr weit, viel zu weit fortgeschritten, der Patient geschwächt und unvorbereitet, sein Herz versagt während der Operation. Schnell, heimlich, leise nimmt der Tod uns unseren Vater weg, einen Vater, dessen hervorragendste menschliche Eigenschaft die Güte war.

1953 unternahm Mutter noch einmal eine Großaktion in der Käserei. Sie stellte, unterstützt von Martin Bauhofer, dem späteren Ehegatten unserer ältesten Schwester Rese, die Produktion von Weich- auf Hartkäse, auf Emmentaler, um. Die tägliche Milchverarbeitung lag bei 6000 Liter[1]. Emmentalerlaibe haben eine Lagerzeit von mindestens 3 Monaten. »I mueß a Menge Kapital inveschtiere, und grad jetzt welled ihr zmol alle heirote!« jammerte Mutter. »Und überhaupt, i mecht mein Käs erst verkaufe, wenn er in de Löcher »schwitzt«, vorher ischt er nix bsonders!«

Mit viel Unternehmungsgeist und Geschäftssinn brachte Mutter die Umstellung zum Abschluß, gab aber 1957 im Alter von 64 Jahren den Betrieb an Tochter und Schwiegersohn ab.

Alle Kinder waren verheiratet, nach Mutters Meinung also »versorgt«. 1968 kam ihr 25. Enkelkind zur Welt, und voller Stolz blickte sie an den zu ihren Geburtstagsfesten organisierten großen Familientreffen auf den vielversprechenden Nachwuchs; immer wieder hörten wir sie sinnend sagen: »Wenn des dr Mang no verlebt hett! Was tät er au sage, wenn er jetzt zur Tür rei käm?« Oder: »Jetzt gäb's Buebe gnug zum Helfe!«

Als Nachruf möchte ich aus N. Howthornes »Loblied auf rechtschaffene alte Leute« zitieren. Als ich von anderen

1 Heute werden in der Käserei Kofeld täglich ca. 16 000 kg Milch zu Emmentaler verarbeitet.

erfuhr, Mutter habe kurz nach ihrem 86. Geburtstag bei einem Altennachmittag spontan und ohne Vorbereitung ein langes Gedicht vorgetragen, 15 Strophen ohne zu stocken bis zu Ende, genau so, wie sie es in ihrer Schulzeit gelernt hatte, wußte ich, daß sie mit »Lebhaftigkeit und Inbrunst« rezitiert hatte. Aber weniger diese Leistung in so hohem Alter möchte ich hervorheben, sondern vielmehr den Tatbestand, daß sie *nie* jemals *gleich* »lebhaft vom Frühstück und dem gestrigen, heutigen oder morgigen Mittagessen« gesprochen hat. Sie brauchte sich nicht an Banalitäten und an letzten Genüssen festzuhalten. Mutter gehörte nicht zu den »verbrauchten alten Leuten, die sich aus einem bewegten Leben nichts Bewahrenswertes in ihr Alter hinübergerettet«, und die »bei jeder Ernte die goldenen Körner nützlicher Erfahrung fortgeworfen und nur die leeren Hülsen sorgsam in ihr Gedächtnis gesammelt« haben. Sie bewies, daß manchmal »auch weißes Haar das Dachstroh abgeben kann, unter dem ein geordneter Geist wohnt«.

Mutter hat sich davor gefürchtet, im Alter einmal »kindisch« zu werden; wenn auch in den letzten Lebensmonaten ihr Geist öfter wie verschollen im Vergangenen weilte, sie blieb immer freundlich und liebenswert; und als der Leidens- und Todesengel sich anschickte, ihr alles zu entziehen, so tat er es, um erst recht zum Schluß ihre bescheidene, fromme und leidensstarke Art und Bildung bloßzulegen. Die letzten Jahre bis zu ihrem Todestag hat sie bei unserer Schwester Hilde und ihrem Mann Otto gelebt, die sie als eine liebe und dankbare Kranke bis zuletzt pflegten.

Zwei Tage nach ihrem Tode sah ich sie im Sarg liegen und blickte in ein beinahe glücklich zu nennendes, zu unser aller Verwunderung fast faltenlos gewordenes Antlitz. Ein Friede besonderer Art lag auf ihrem Gesicht, das mich zutiefst bewegte und das Befreiung und Ruhe ausstrahlte. Trotzdem denke ich manchmal: Habe ich alles getan, um Mutter und

Vater Liebe zu erweisen? Habe ich ihnen zu ihren Lebzeiten genug Dank gezeigt?

Mang und Mina liegen nun nebeneinander gebettet auf dem Bodnegger Friedhof, von dem der Dichter Arnold Ulitz sagte: »... Und so sah ich ihn zum erstenmal im Leben, diesen Friedhof von Bodnegg, und war von seiner einzigartigen Schönheit so überwältigt, daß ich vergaß, weshalb ich gekommen war. Nein, ich kenne keinen zweiten Friedhof, wo die Toten so gleichsam festlich gebettet ruhen, so im wahren Sinne über die Irdischkeit erhoben und erhaben, und es schien mir sehr begreiflich, daß noch viele andere Besucher hier weilten, nicht nur um der Toten, sondern um der beispiellosen »Aussicht« willen, nur um den steilen, grünen, blühenden Hang hinabzuschauen, in die fruchtbare Nähe und die fruchtbare Ferne, zu Obst- und Hopfengärten hin, zu Feldern, Wiesen, Wäldern und Hainen, in eine beseligend anmutige Landschaft hinab.«